新潮文庫

# 先生の隠しごと

## 僕僕先生

仁木英之著

JN266930

先生の隠しごと　目次



挿画　三木謙次

# 先生の隠しごと

僕僕先生

# 序章

音もなく光もなく、ただ荒涼とした原野の中に、途方もなく長い時に削られた岩の峰が点在している。それぞれから聞こえていた言葉や歌は、もう絶えてしまった。そんな中で、彼だけが歌い続けている。

古い、古い祈りの歌を、彼はもう数え切れないほど繰り返した。己の声も微《かす》かにしか聞こえなくなって久しい。しかしそれでも、彼はそうすることが義務であるかのように繰り返した。

あなたは行ってしまった　あなたは傷を負った
この痛みを誰に告げればいいのか　流れた涙はどこへ向かうのか
東風に告げても　風はただ鳴くのみ
涙を流しても　ただ寝床が濡《ぬ》れるのみ

あなたは尖《とが》り石を踏んで去り　尖り石は柔らかな肌を裂く
肌を裂く痛みは心を裂く痛みに劣れども
立ち塞《ふさ》がる茨《いばら》に傷ついた瞳《ひとみ》から流れる涙は
光を奪いてついには道を見失わせる

歌い終わるたび、彼の前に幸せな幻影が幕を開ける。その幻は、いつも彼女との再会で始まった。

往時、彼と志を同じくする者たちは、苦しい戦いを続けていた。何のために戦っていたのかは、もう忘れてしまった。何よりも大切なことのはずなのに、思い出せない。だが、新雪の如《ごと》く輝く繭《まゆ》から姿を現した彼女を目にした瞬間に、全《すべ》てを捧《ささ》げようと心に誓ったことは、はっきりと憶《おぼ》えている。

彼女は生まれ変わったことに戸惑っていた。

ただ、敵とされる者たちを滅ぼすために世にあることは、彼女の澄んだ心を曇らせていた。彼はただ、その透き通る心を守るために、あらゆることをした。

歌を教え、踊りを教え、花を教え、野遊びを教え、そして雲に乗ることを教えた。

空がこれほど広くて、美しいものであることを知った彼女は、初めて笑みを浮かべて彼を見上げたものだ。

だが喜びと楽しさに満ちた時は一瞬に過ぎなかった。楽しむためではなく、滅ぼすために生まれた彼女は、容赦なく敵を殺し続けなければならなかった。そして、敵方に生まれた同じような女神を前に苦戦することとなった。

彼の陣営は次第に追い詰められた。そして追い詰められていくのは、彼女も同じだった。彼は歌い奏《かな》でて曇った心を励まそうと試みたが、それもほんの短い時間彼女の心を和らげただけであった。

目の前には、彼がもっとも大切にしている存在が、膝《ひざ》を抱えて心細げに座っている。

ここしばらくの彼女は、いつも不安を口にした。

「私の姿が見えなくなったらどうする」

「見えなくなることなどあり得ない。この肉体が朽ち果てようと、この目が腐り落ちて無くなろうと、見守り続けているよ」

彼がそう言うと、彼女は安心したように眠りに落ちた。柔らかな髪を撫《な》でながら、彼も微笑を浮かべる。髪を撫でた手のひらを空にかざすと、無数の傷跡が陽光を反射した。

傷は全て、この少女を守るためについたものである。新しいほど深い傷も多く、彼はその傷一つ一つの記憶を反芻《はんすう》しながら、愛《いと》おしそうに目を細めた。

「この傷は一昨日、あの傷は昨日……」

どれもが激しい戦いの末に、そして守るべき者を守る戦いの中で負ったものだ。全てのために戦う少女のため、彼は全てをなげうって戦った。いつしか二人の間には強い絆《きずな》が生まれ、剣と鞘《さや》のように、弓と矢のように、一揃《そろ》いの兵器として動き始めた。

彼らの前に敵は無かった。劣勢となった戦況も、彼らの活躍でかなり持ち直していたものだ。だがその大きすぎる力は、敵だけでなく味方をも恐れさせた。彼女は次第に敬遠され、そして孤独を深めていった。友となろうとする者もなく、親しく声をかけようとすることすら忌《い》まれた。ただ彼一人だけが、友であり、兄であった。

「お前を見守り続けよう。剣となって守ろう。この身が朽ち果てようとも……」

その誓いを立てたところで、幻の中の景色は一変する。

温かく軽い少女の体はたちまち乾き、粉塵《ふんじん》となって風に消える。その残滓《ざんし》をかき集めようと彼は必死に駆け回った。

何一つ失うわけにはいかない。彼が生きている意味は、もうそこにしかないのに。

千々に切り裂かれた愛しい人の悲鳴が、無数に谺《こだま》しながら彼の耳を貫く。その声の源を集め回ろうとどれほどの時間を過ごしたかわからない。彼の心は怒りと悲しみに荒れ狂い、持てる力を枯れ果てるまで放った。放たれた力は全て虚空《こくう》の彼方《かなた》へとむなしく飛び去ったが、気に留めることはなかった。

やがて少女の欠片《かけら》を集めていたのだという意識すら消えて心が無に戻ると、再び彼は歌い始める。そうして無限の時が過ぎ去り、彼の全てが原形を失った。肉体は言うに及ばず、その輝ける精神もかつての姿を失って久しい。宙を漂い続けていた歌声も徐々にか細くなり、いつしか消えていった。

# 第一章　蚕嬢の結婚

## 1

潤《うるお》いを取り戻した棚田には、黄金色の輝きが甦《よみがえ》っている。

のびやかな歌声を聞きながら、王弁《おうべん》は華やかで恥じらいに満ちた光景を眺めていた。

青年たちが一列、娘たちが一列、二十人ずつ手を繋《つな》ぎ合って向かい合い、互いに歌いかけながら舞っている。男たちは晴れの日だけに身につける銀の短剣を帯び、特別に誂《あつら》えられた衣には、五色の糸で空と大地が描かれている。

娘たちの衣も同じく、やはり色鮮やかな柄で覆《おお》い尽くされ、山の緑に映えて輝く。その豊かな黒髪は高々と結い上げられて塔のように象《かたちづく》られている。髪の塔には銀の簪《かんざし》に瑪瑙《めのう》の飾り、そして琥珀《こはく》の櫛《くし》が無数に挿されて光を放っていた。

舞いは素朴なものであったが、軽々しく仲間に入りたいとは言えない真剣さが、青年と娘の列の間に漂っている。

緩やかでありながら緊張を伴った踊りはいつ果てるともなく続くと思われたが、ふいに一人の青年が朗々と声を上げた。一人の娘の前に歩み出て訴えかけるような独唱を行う。他の青年たちは声援を送るように和した。

「私の所においで。私の所においで。絹の褥《しとね》に銀の髪飾り、食卓には日々ご馳走《ちそう》が並び、豊かな田には黄金の瑞穂《みずほ》が躍っている……」

これまで旅を続ける中で、苗族《ミャオ》たちの言葉はだいたい理解できるようになったが、この歌の歌詞はどうもよくわからない。王弁の耳にははっきりと聞きとれない様子なのを見てとると、愛らしい少女の姿をした僕僕《ぼくぼく》が「今の苗族は使わなくなった古い言葉だからな」と、歌詞を教えてくれた。

「そんな意味があるんですか」

「韓娥《かんが》のように技巧と情念を極めたような歌もいいが、このように心にゆっくり沁《し》みわたって来るようなのも悪くない」

韓娥は旅の途中に出会った、南嶽衡山《なんがくこうざん》の女神、魏《ぎ》夫人が飼っていた杜鵑《ほととぎす》の化身である。歌の名手であり、その歌声は町中の人の心を惹《ひ》きつけて離さないほどの力を持っていた。

「いつまでも聞いていたくなりますね」

「だが、これはのどかなだけではないぞ。若い男女の真剣勝負の場だ。あそこで舞っている者たちは、一生を共にする相手を探す。それにこの歌垣は、国全体の注目を集める一大行事だからね」

酷《ひど》い旱魃《かんばつ》を乗りこえて、ようやく平穏をとり戻した峰麓《ほうろく》の全《すべ》ての人間が、観客席を作ってまで歌垣を取り囲んでいる。老いも若きも熱のこもった視線を送っているが、王弁は彼らの間に高まる緊張感の正体がわからないでいた。

「鈍感王のキミにはもう少し舞が進まないとわからないかも知れないね」

と僕僕はにやりと笑った。

「それよりも不思議なことがあるんですけど」

この歌垣に蚕嬢《さんじょう》こと碧水晶《へきすいしょう》と茶風森《ちゃふうしん》が加わっていることであった。

「何が不思議なんだ。誰であれ、結婚相手が欲しければこの歌垣に参加して名乗りを上げ、堂々と想《おも》いを披露して国全体に認められなければならん。だいたいあの茶風森がどのような歌を聞かせてくれるか楽しみではないか」

この一帯の苗族を苦しめた旱《ひでり》の女神、魃《ばつ》が自らを峰の下に封印した直後、魃の呪《のろ》いによって大きな蚕《かいこ》となっていた蚕嬢と、ふくろうになっていた茶風森は元の姿をとり戻した。蚕嬢を想い続けた茶風森の一途《いちず》さは、呪いをかけられた二人それぞれの故郷である峰西《ほうせい》、峰東《ほうとう》両国の評判となり、歌垣は久方ぶりに峰麓両国の合同で開催されることとなっていたのだ。

「国の垣根は茶風森のおかげで倒れたが、娘の移ろいやすい心は果たしてどうであろうな」

「またそんな意地悪なこと言って。蚕嬢だって茶風森の想いを受け入れたんじゃないんですか」

王弁はくちびるを尖《とが》らせる。

「本当にそうかはこれからわかる」

歌垣は峰西の王宮前で行われていた。屋根の両端をぴんとはね上げた苗族独特の高床の宮殿も、この日のために磨き上げられて誇らしげに見える。その周囲を取り囲む

「いたいなぁもう……。魃のことを悪く言わないでください」

「自分に惚《ほ》れた娘はたとえ旱の神でも可愛《かわい》いか」

そこで王弁はようやく、師の機嫌が悪いことに気付いた。

「……あの、すみません」

「ボクがやきもちを焼いて機嫌が悪くなっているなどと思っているのだとしたら、キミのおめでたさは天井を突き破って光る雲を飛び越え遥《はる》か彼方《かなた》だよ」

痛烈な言葉が次々に王弁の鼓膜《こまく》に突き刺さる。静かな口調のはずなのに、頭を巨大な拳で押さえつけるような重さがあった。

「ボクが一番腹が立つのは、自分に事を成す力があるくせに、何かと言い訳をつけて一歩を踏み出さない男だ。そういう男に勝利の果実は必要ない。このまま茶風森が蚕嬢の気持ちをふいにするなら、引飛虎の方が何倍もあの子にふさわしいよ」

そして、茶風森に声援を送ろうとした王弁の口に白いお札を貼《は》って封じる。はがそうとしても皮膚が引っ張られるばかりで、王弁は痛みのあまり悶絶《もんぜつ》した。

「先生、茶風森さんはそんなに弱い男ではありませんよ」

風船のように薄皮一枚だけで出来た体を持つ美女、薄妃《はくひ》が風に漂いつつ、とりなすように言った。

「知っているさ。何も出来ない男だと思っていたらこんなに苛立《いらだ》つこともない」

「先生のような偉大な仙人がそんなにせっかちだとは思いませんでしたわ」

「望む道を他人が歩んでほしいという身勝手な気持ちが抑えられないようでは、ボクもまだまだだね」

「それだけあの方たちに愛情を持って接して来られたということではありませんか」

「知らねば情けも湧《わ》くまいに、ということだよ」

「知ればこそ情けの喜びあり、とも」

「そうとも言う」

薄妃の言葉に僕僕は頷《うなず》く。そうこうしているうちに、観衆たちのざわめきは収まって、いつしか静けさが辺りに満ちてきた。引飛虎の歌は碧水晶に投げかけられたまま、宙に浮いた形となっている。だが引飛虎はうろたえる様子もなく、舞いを止めることもなく、黙って返歌を待っている。

「黒卵《こくらん》の一件でもそうだったが」

やはりこの旅の途中で遭遇した悪党とのことを思い出し、感心したように僕僕は目を細めた。

「ここ一番での引飛虎の落ち着きは素晴らしい。どのような困難があろうとも、正面切って対峙《たいじ》しようとする覚悟を感じる。彼に対抗しようとする者には、並び立つほどの強い心が必要だ」

言外に、茶風森にはその覚悟が足りない、と言っているように王弁は感じた。

「魃の呪いにかかってもあきらめなかった茶風森の想いは、確かに強いものだった。でもね、強い気持ちというものは、ずっとそこにあるとは限らない。雲が晴れ間を覆《おお》うように、人の精神は一瞬で塗り変わってしまうことがある」

空気が張り詰めている中、茶風森の両隣にいる青年たちですら、目の前の乙女たちではなく茶風森に気遣わしげな視線を送っている。だが王弁は、俯き加減だった彼の顔が徐々に上向いているのに気付いた。

「……行ってくれ」

王弁は心の中で呟く。

確かに引飛虎と蚕嬢には、年頃になって気付いた気持ちがあったことだろう。だが、茶風森があれだけ頑張って命まで張ったのに、このまま想いが届かずに終わるなど、王弁には耐えられなかった。

楽人たちが不意に勇壮な曲を奏《かな》で出す。皆がはっと背を伸ばすのがわかった。

「破陣の楽だ……。なるほど、粋《いき》なことをする」

僕はにこりと笑った。

「どういうことですか？」

「これは苗人に伝わる決戦の曲だ。キミと同じようなことを、国の皆も考えているということさ」

青年たちはしばらく戸惑っていたが、やがて敵を威嚇《いかく》し味方を鼓舞するように勇壮な舞を始める。その中心に据えられた茶風森は初めは小さく、やがて龍のように体を舞わせ始めた。そして堂々と、碧水晶への想いを告白し、我が妻になるように歌いかける。

それは茶風森の変わらぬ覚悟を示していた。王弁は思わず胸が熱くなって鼻をかむ。見ている者の中にも目頭を押さえている者が多くいた。

「見る者の心が茶風森に届き、彼の想いもまたボクたちに届いた。あとは肝心の相手に届いているかどうか、だが……」

娘たちの間から、碧水晶が歩み出る。そして引飛虎の前に立った。

王弁は思わず呻《うめ》いた。碧水晶は花のような微笑を浮かべ、引飛虎を称え、そして国への貢献を歌い上げたのだ。観衆は喝采《かっさい》でそれに和する。引飛虎は頷いて彼女の手を取ろうとした。手を繋《つな》いだ男女は、即《すなわ》ち婚姻を約したこととなる。だが碧水晶は寸前でずっと身を引いた。そして茶風森の前に立つ。彼女は腰に手を当て、歌ともいえないほどの早口で、何かをまくし立てた。観衆がどっと笑う。僕僕もおかしそうに笑いだした。

「この意気地なし、さっさと前に出て来て歌い出さないから、みんながひやひやしたでしょうが、って文句を言っている」

茶風森は先ほどの勇壮な様子はどこへやら、へどもどと小さく言い訳するばかりだ。その様を見て、いよいよ観衆は笑う。だが笑い声は温かく、優しいものだった。

さあ、とばかりに碧水晶は手を差し出す。茶風森はおずおずと、しかししっかりとその手を握った。観衆の歓声が爆発し、皆が立ち上がって手を叩く。

「やれやれ、なかなかの見ものだったが、疲れたよ」

僕僕は肩で息を吐《つ》いて嬉《うれ》しそうな顔をした。観衆たちも笑顔で去って行く。人がいなくなっても、茶風森と碧水晶は広場の真ん中で手を取り合って互いを見つめている。王弁は二人に声をかけようとしたが再び口を封じられ、僕僕に引っ張られていった。

## 2

それから一旬《いちじゅん》の間、峰麓は祭り以上に華やいだ空気に包まれた。

薄妃は峰西の娘たちと碧水晶の花嫁衣装を縫うため工房にこもりきりとなり、王弁は婚礼の料理づくりを手伝わされた。僕僕はいつも通り雲の上に寝そべりながら酒を飲み、上機嫌である。

「先生も手伝って下さいよ」

汗だくで肉を燻製《くんせい》にしたり魚をさばいている王弁は文句を言う。

「ボクに何をして欲しいの。キミと同じように厨房《ちゅうぼう》に入れと命じるのか」

「命じるなんてとんでもない。でもみんな忙しいんですから」

「適材適所という言葉があってだな」

「……もういいです」

「ボクがこうやって浮かんでいるだけでも、周りの様子はよくわかるんだ。祭りというと有象無象《うぞうむぞう》が四方から寄り集まって来るからな」

はっとした王弁は声をひそめ、

「何かあるんですか」

と訊《たず》ねた。

「ないよ。周囲の苗人や他の民たちも商いをしようと集まって来る気配はあるが、怪しげな気配は感じられない」

「そういえば胡蝶《こちょう》の連中は……」

「都の暗殺者どもが近づいているかどうかは劉欣《りゅうきん》がしっかり見張っているから、心配はいらないさ。やつはいつまでも一ヵ所に留まっているのを喜ばないけどな。せめてこの婚礼は見届けようと納得させたのさ」

言われてみればしばらく劉欣の姿が見えなかったが、僕僕の表情を見る限り大丈夫なようだった。劉欣は、かつて属していた闇《やみ》の組織に追われる立場となった凄腕《すごうで》の刺客だ。

「適材適所、さ」

僕僕はそう言うと杯を空け、雲の上に寝転んだ。王弁ももう何も言わず、燻香《くんこう》を立てる肉の塊を切る作業に戻った。

峰麓は慶祝《けいしゅく》の空気に包まれている。歌垣で出会って結婚することになった若者たちは順次婚礼をあげ、新たな家庭を築いていく。碧水晶と茶風森の婚儀は、最後に予定されていた。峰麓の人口は四方から集まる客人と商人たちで数倍に膨れ上がり、日が暮れても篝火《かがりび》が焚《た》かれて、奏でられる音曲は途絶えることがない。

長安でも妓楼《ぎろう》の賑《にぎ》わいを見たことはあったが、王弁は静かな山中の国の柔らかな華やぎに目を奪われていた。その彼も、久方ぶりに新しい衣を身につけている。旅の間にくたびれてしまった衣を、薄妃たちが新調してくれたのだ。

「これ、蚕嬢さんが吐き出した糸で作ったのよ。元の姿に戻る前にくれたの。いくら使ってもなくならないように祈りを込めたんですって」

薄妃は衣を渡しながら言った。

「人に戻ってから渡すのは照れくさいからって」

「蚕嬢らしいね」

「織り上げているだけで蚕嬢さんの気持ちが伝わってきたわ」

そう言う薄妃の衣も新しくなっている。無骨者の劉欣の衣ですら、そうであった。碧水晶は面と向かって王弁に礼を言うことはなかったし、彼も求める気持ちすらなかったが、その心づかいに感謝した。

薄緑に染め上げられた絹の衣は軽く温かく、爽快《そうかい》であった。碧水晶の人柄を表しているような衣を身につけて、一行は婚儀に出席する。

正面の壇上に東西峰麓の国王が並び、六合峰《ろくごうほう》に向けて築かれた祭壇に向かって酒と羊を捧《ささ》げて拝礼する。山と大地、そして空の神々に若き二人の婚儀を報告し、再び拝《はい》跪《き》して下がる。

代わって壇上に登った碧水晶と茶風森の二人は、同じく峰麓への恵みを与えてくれる天地に感謝し、結婚する旨《むね》を報告した。そして最後に、列席している人たちにも感謝の言葉を述べて儀式は終わった。

そこからは宴《うたげ》である。

峰麓の老若男女《ろうにゃくなんにょ》、全《すべ》てが晴れ着を身に着けたさまは、王宮前の広場が花びらで埋め尽くされたように彩《いろど》り豊かで、王弁も来賓用にしつらえられた雛壇《ひなだん》の上からうっとりと眺めている。

四方から集まった楽人たちが祝祭の旋律を奏ではじめ、歌垣の時とはまた違った楽しげな空気が場に満ちる。王弁も手伝った宴用のご馳走《ちそう》が広場の真ん中に用意され、織り子の娘たちが笑顔で給仕をしてくれた。

そして引飛虎と推飛虎の兄弟が酒で顔を真っ赤にして、王弁たちの前に現れる。二人とも同じように上機嫌で、王弁と僕僕の杯を満たした。

礼を言いながらも、王弁はやや複雑な気分である。

「王弁さん、祝いの席で浮かない顔ではありませんか」

推飛虎が王弁の肩を抱くように座り、甘く酒臭い息を吹きかけて来た。

「なれなれしくてごめんなさいよ。今日は無礼講でありますから」

と手ずから酒をついで飲み干す。王弁もそれに付き合って立て続けに酒を流し込んだ。青稞麦《せいかむぎ》を醸《かも》した酒の甘みが体をゆっくりと温めていく間にも、飛虎兄弟の酒量はどんどん増えていく。

「もう少し落ち着いて飲みたまえよ」

僕僕は叱《しか》るでもなく、穏やかにたしなめた。

「落ち着いて飲んでいますよ！」

引飛虎はさすがに僕僕にしなだれかかるようなことはしなかったが、代わりに王弁の膝《ひざ》に頭を置いてがなった。

「今日は我ら二人が僕僕先生と王弁さんを存分に接待いたしますよ。いやと言われてもしますから。ええ」

接待する方が逆に絡《から》んでいるような格好になって、王弁は思わず苦笑する。だが引飛虎は体を起こすと、おいおいと泣きだした。

「ちょ、ちょっと引飛虎さん、大丈夫ですか？」

「俺は道化だぁ」

と繰り返して始末に負えない。だが推飛虎も僕僕も苦笑いして見ているばかりで、慰めの言葉をかける様子もない。

「道化じゃありませんよ。格好良かったですよ」

仕方なく王弁が誉《ほ》め称《たた》える。

「いいものか！　衆目の集まるところで盛大にふられたんだぞ」

「じゃあ勝てると思っていたのか」

僕僕が一言挟んだ。途端に引飛虎は頭を垂れた。

「は、半分くらいは」

「半分？」

「いえ、やっぱり三割くらいですかね……。しかし私は、あそこで引き下がるわけにはいきませんでした。曲がりなりにも、碧水晶と私は気持ちを通わせていた時期があったのです。そのことに気付くにはいささか幼な過ぎた。そして時機を逃してしまった」

うんうんと頷《うなず》いていた僕僕は引飛虎の杯に酒を満たしてやる。

「彼女の心が茶風森に向いて初めて、私は失ったものの大きさに気付いたんです。確かに彼は碧水晶のために全てを賭《か》けたかもしれない。だが私にも幼い頃からの気持ちがあるし、彼女にも同じく情愛が残っているはず、と思いたかった」

「残っていたさ」

「だから碧水晶は私の顔を立ててくれた、と言うのでしょう？　初めはその心遣いが嬉しかった。しかし、私の心に残ったのは、手ひどい敗北感だけでしたよ」

「心遣いがあってもなくても、キミはがっくりする結果になっていたさ」

僕僕の口調は優しいが、言葉は厳しかった。引飛虎はうなだれつつ、そうですね、と頷いた。

「だが恋に気付いて、その想《おも》いを失った男が後悔を述べるのも、許された権利だよ。見苦しかろうと、泣いて喚《わめ》いて繰り言を吐《は》けばいい。気が済むまでそうしたら、また前を向いて歩け。お前は峰麓の勇士だ。それが出来るはずだ」

最後の言葉に、引飛虎ははっと顔を上げた。

「見よ」

僕僕は緩やかに混じり合う華やかな人の群れを指した。王弁はそのうちのいくつかが動きを止め、こちらを向いていることに気付いた。皆、若い娘である。

「キミの碧水晶への恋が破れたことで、新たな希望が生まれた。キミが歌いかけてくれることを待つ娘たちが、その気持ちを抑えずにいられるようになったのだ」

「しかし、私の碧水晶への想いは……」

「今は口惜《くや》しい気持ちの方が先に立つだろう。だが人の心は傷つくこともあれば、そこから立ち上がる力も持っている。キミの心がまた誰かを想うようになったら、今度は己に向けられている気持ちに向き合ってやれ」

王弁はその言葉を聞きながら、ひそかにため息をついた。

（そりゃ引飛虎さんは強いし顔もいいし、いくらでも好きになってくれる娘もいるだろうけどさ）

「そこのぱっとしないの、僻《ひが》むな」

と弟子には厳しい一言である。

「べ、別に何も僻んでいませんけど」

「慰めをもらえるのは、力を尽くした者だけだ」

王弁は返す言葉が見つからず、広場の方へと視線を向ける。引飛虎も既に泣きごとを言うのはやめ、静かに僕僕と杯を交わしている。

（この人たちは確かに、力を尽くしたんだろうな……）

入って行けない絆《きずな》のようなものを感じて、王弁は気が引ける。薄妃も劉欣も、彼らなりの試練を乗り越えて来た。自分もそれなりに頑張っていると思うが、全力を尽くしたかと思い返してみれば後悔も多い。

「こういう時は飲め」

僕僕はにやりと笑って、王弁にも杯を差し出した。その時である、突然、広場の中央で朗々と歌う者が現れた。頭を黒い頭巾《ずきん》で覆《おお》い、騎馬民族のような深緑の馬上服に身を包んだ、背の高い容貌爽《ようぼうさわ》やかな青年である。鼻梁秀《びりょうひい》で、眼窩《がんか》は深く、丸顔の多い苗人の中にあって異彩を放っている。

彼は同じ曲を言葉を変えて三度歌った。

「朋友《ほうゆう》たちよ、祝いの場にはなむけを送りたい。しばし我が言葉に耳を傾けられよ！」

その声は親しみに満ちていたが、一方で邪魔を許さない威厳をも伴っている。

「何だろうな」

僕僕が興味深げに身を乗り出しているのを見ながら、王弁はきな臭いものを感じ取っていた。

## 3

青年の話はこうだ。

南方の諸族は今こそ結集して、諸族を未開の蛮夷《ばんい》と辱《はずかし》め、横暴の限りを尽くす長安の王朝に対抗しようではないか。一つ一つの国は小さいが、大陸の南方は道も険しく中原《ちゅうげん》からは遠い。団結して一つの国を建て、漢人の押しつけてくる面倒な理屈や法を捨て、完全なる自由を手に入れよう。そう彼は訴えた。

花が舞い踊るような賑わいは消え、人々は戸惑ったように顔を見合わせている。王弁が師はさぞや怒っているだろうと思って横顔を盗み見ると、無表情なままじっとその青年を見つめていた。

「先生？」

声をかけると、しばらく間をおいて、何だと答えた。

「無粋《ぶすい》ですよね。せっかく皆が楽しんでいる時に。しかも反乱を煽《あお》るなんて非常識にもほどがある」

だが僕僕からは答えが返ってこなかった。さらに王弁は、人々が青年を罵《ののし》ることもせず、手を叩《たた》く者すらいたことに驚いた。峰麓の貴顕の一人が、丁重に彼を壇上に上げようとさえしていた。

青年は満足げな表情で、碧水晶と茶風森のいる舞台へと進もうとした。二人の王たちも、彼を無礼な者として怒らなかった。だが、碧水晶がゆっくりと前に出て、慇懃《いんぎん》な身振りで制した。

「新たな伴侶《はんりょ》を得た王女よ、わが志を聞き入れて下さいましたか」

青年は拝礼し、問いかける。

「客人よ、答えは否《いな》です」

碧水晶はきっぱりと拒んだ。

「神代《かみよ》の昔、私たち苗人は漢人の横暴によって豊かな地を追われ、山多く土瘦《や》せて、疫病《えきびょう》はびこる南方へと追いやられました。これは返すべき仇《あだ》であり、このまま滅びを待つのは父祖の望まれるところではない筈《はず》です」

青年はよく通る声で訴え、苗人たちはじっと黙って聞いている。

「漢人の地へ行ったことのある者は、そして漢人の住む地との境に住む者も、皆感じているはずだ。奴《やつ》らが何を望んでいるか」

階《きざはし》に足をかけ、聴衆たちを見回す。その声と口調には、聴かずにはいられない力がこもっている。

「奴らは我らを凶暴な牙《きば》で噛《か》み砕き、醜い腹の中で溶かそうとしている。天地から我らを消し去ろうとしているのだ」

人々はざわめき、若者の数人はそうだ、と相槌《あいづち》を打っている。

「我が王はおっしゃっている。我のもとへ参集せよ。そして蛮夷と蔑《さげす》まれることなく、何も奪われることのない楽土を手に入れるのだ。これより北西の方、雲南《うんなん》の地域では諸民族数十の国が既に主《あるじ》の旗の下に集まっている。時機を逃してはならぬ！」

命ずるような強い言葉である。特に峰麓の外から来た者が、賛意を示す声を上げ始めている。だが碧水晶は硬い表情でさらに一歩前に出て人々を鎮《しず》めた。

「なるほど、客人の仰《おっしゃ》ることに間違いはないでしょう。我らがかつて、北の豊かな大地を追われたことは言い伝えの中に確かに残っている。我が国の若者たちも、漢人に辱めを受けること一度や二度ではない。苗の国の多くが漢人の皇帝に貢物《みつぎもの》を捧げ、その保護を願っているのも事実だ」

青年は高い鼻をうごめかして頷く。碧水晶は彼を見ず、人々に向けて語りかけた。

「だが我らをこの地に導いた英雄はこうも仰った。分かれて住み、戦いを好むことなかれ。巨大な龍に歯向かって血を絶やすことこそ愚挙《ぐきょ》である。龍に飲みこまれてその鱗《うろこ》の一枚となっても、長く生き延びて機会を待て、と」

「その機会が今である」

青年が言葉を挟む。

「機会が今であるかどうかは、峰麓の人々で決める。あなたの言葉は多くの心を動かしたが国を危うくさせる。峰麓の王女、そして六合峰の巫女《みこ》、碧水晶として命じます。速やかにここを立ち去り、峰麓はその挙に参加しないと復命しなさい」

なおも青年は言葉を連ねようと口を開きかけたが、引飛虎と推飛虎がその前に立ち塞《ふさ》がり、お引き取りを、と低い声で命じた。肩をすくめた青年は、冷笑とも見える小さな笑みを頬に浮かべて、広場から去って行った。

4

祭りの後の静けさは、もともと静かな山麓《さんろく》の風景をより侘《わび》しいものにしていた。僕一行は旅立ちの準備を終え、静けさを取り戻した峰西の入り口に足を止めている。

「もう行っちゃうんだ。落ち着いたらゆっくり話がしたかったのに」

見送る碧水晶の表情も寂しげだ。僕僕は碧水晶の手を握り、小さく振った。

「随分長い間一緒にいたような気もする。ボクたちも名残は尽きないが、そろそろ先へ進もうと思うんだ」

「どこへ行くの？」

「キミの婚儀に闖入《ちんにゅう》してきた男の後でも追ってみようかな」

と僕僕が言ったものだから王弁は意外に思った。あんな胡散《うさん》臭い男に係わりを持つなんて……。前の晩、出立の準備をしろと彼に命じた僕僕は、どこへ向かうとも言わなかった。それはこれまでもよくあったことだから、大して気にしなかった。しつこく訊《たず》ねたところで、さあね、と流されるのがおちだ。

「北西の高原はちょっときな臭くなっているみたいね。吐蕃《とばん》（チベット）の動きも激しくなってるみたいだし」

心配そうに碧水晶は眉《まゆ》をひそめた。

「私もしばらく国を離れていたから詳しいことはわからないんだけど、何が起こっているのかしら」

「ボクに訊《き》かれてもわからないさ。それを確かめに行くんだ」

「ね、ここは静かよ？　魃も封じられて、峰麓は一つにまとまってきた。小さいとはいえ、あなたたちを養うだけのことは出来る」

碧水晶の熱心な誘いに僕僕は表情を和らげ、礼を述べた。

「あの蚕嬢がこんなしおらしいことを言うとはね。立場が人を作るとはよく言ったものだ」

「からかわないで。旅立ちの時にこんなことを言うのは不吉かも知れないけど、胸騒ぎがするのよ」

「胸が騒ぐほどの旅こそ、ボクが求めるものだよ」

王弁は僕僕に命じられ、行李《こうり》を吉良《きら》の背に積む。劉欣の姿は既になく、道中の偵察に出ている。薄妃は織り子の少女たちと涙ながらに別れを惜しんでいる。それほどまでに名残を惜しみながら、薄妃はそれでも僕僕の出立にはごく普通についてきた。王弁は前夜、残りたければ自由にしていい、という僕僕の言葉に、どうしてです、と首を傾《かし》げた薄妃を見ている。

碧水晶はそんな薄妃を抱きしめ、僕僕には腰をかがめて礼を送った。

「いつでも帰って来ていいからね。峰麓は、いえ私と夫は、あなた達をいつでも歓迎するから。ね、あなた」

茶風森は穏やかな笑みを浮かべて大きく頷いた。吉良の手綱《たづな》を引く王弁を先頭に、一行は峰麓を後にする。何度か彼が振り返ると、碧水晶と茶風森はいつまでも手を振っていた。

六合峰は後ろを振り向くたびに小さくなっていく。そして何度か道が山を巻くうちに、ついに峰は王弁の視界から姿を消した。

「見えなくなりましたね……」

「そりゃ旅路を行けば景色も変わるさ」

彩雲の上から道の彼方を眺めながら、僕僕はいつものようにのんびりした口調で答えた。だが王弁には一つ気になることがあった。峰麓を出てから、僕僕は一度も振り返っていなかった。王弁が後ろを向いても、前を見たきりつられて振り返ることもない。

「ボクが薄情だって？」

僕僕はおかしそうに笑った。

「これまでいた場所を振り返ることが、情けあることとは思わないな」

とそっけない。

「でも先生、人情ってものが」

「ボクは仙人だよ」

「そうですけど、蚕嬢たちとは濃い時間を過ごしてきたじゃないですか」

「全くだ。楽しい道連れだったよ」

けろりとした顔を見ているうちにばかばかしくなってきた王弁はそれっきり口をつぐんだ。彼らの行く道は、相変わらず吉良一頭が何とか進める狭い街道だ。

それから数日間は、何事もなく過ぎた。峠を越えるたびに、風は少しずつ涼しく、そして乾いていった。

「道が荒れてますね……」

両側の急斜面から倒れたらしき木々が道を塞いでいる。そのたびに迂回《うかい》したり乗り越えなければならない。

「弁、遅い」

「仕方ないでしょ。俺は歩いてるんです」

僕僕は文句を言うが王弁も言い返す。

苦労して一本越えると、またすぐ前に幹の幅が背丈ほどもある倒木が姿を現して、王弁はげんなりした。僕僕は苦笑して雲から下りると、懐《ふところ》から短剣を取り出す。五寸ほどの小さな短剣は、僕僕の中で刃渡り三尺ほどの美しい剣に姿を変えた。鞘《さや》を払うと、優しい輝きが辺りを照らす。

僕僕が無造作に振りかぶり、気合いと共に一閃《いっせん》させると、倒木はまとめて消し飛んで道が開けた。

「拠比《きょひ》の剣《けん》、先生が持つときれいですよね」

王弁は感心したように虹色の煌《きらめ》きを放つ刃に見とれた。

「付き合いの長さが違う」

「俺が見つけた剣なのに……」

「ボクの過ごしてきた時間はキミの想像以上に長いぞ」

「じゃあ前はいつ持ってたんですか」

しばらく考え込んでいた僕僕は、

「……昔過ぎて忘れた」

と雲に飛び乗ってごまかした。

道沿いに宿もなく、集落もほとんど見かけないままさらに数日続き、そうこうするうちに身軽そうな黒い上下を身に着けた男たちとすれ違うようになった。だが何故《なぜ》か、男たちは一様に負傷し、王弁に険しい視線を向けていく。

「何でみんな俺を睨《にら》んでいくんでしょうね。何か悪いことしましたか？」

「太平楽な顔をしているからだろう」

「元からなんですけどね」

「不愉快のもとが天然だろうが後付けだろうが腹が立つことには変わりない」

「ああもう、またそんな人の心に突き立つようなことを」

「そりゃ、そのように言ってるからね」

師弟が軽口を叩き合っていると、目の前に異様に長い手足を持った男の細く尖《とが》った影が浮かび上がった。

「劉欣、こんなところで目の前に出てくるということは、この先に何かあるのだな」

彩雲から体を乗り出して、僕僕が興味深げに訊ねた。

「この先の風景はあまり楽しいものではないぞ」

低い声で始めた報告を聞いて、王弁と僕僕は顔を見合わせた。

「ここから二日ほど行ったところで村が焼き討ち？　盗賊にでも襲われたか」

「盗賊ではないな」

劉欣は懐から何か布切れを取り出して広げた。

「旗……これは官軍のものだな。劉欣、誰かわかるか」

緑地に銀糸で「陳」と縫い取られている。

「陳姓の将校などいくらでもいるからな。この旗の大きさから考えてせいぜい都将（小隊長）程度だとは思うが、こんな南方に正規軍を出して、しかも苗人の村を焼き払うのは少しおかしい。もしかしたらこのあたりの連中が反乱でも起こしたのかも知れん」

まあ長安で話題にならないだけで、反乱自体はよくあることだが、と劉欣は何の感情も汲《く》み取れない声で続ける。

「引き返すか？」

「略奪が済んだのなら、賊はその村に戻らない。行こう」

「俺たちも用はない」

「けが人がいるかも知れん」

僕僕の言葉に、劉欣は小さく舌打ちをした。

「何を苛立《いらだ》っている」

「別に。死体の山だぞ」

「では葬《ほうむ》ってやろう。もし無事であれば道中で出会ったかも知れない人たちだ。山野に朽ち果てることを望む者ならともかく、ただ獣と虫の餌《えさ》にするには忍びない」

劉欣は何も言わず、一行の後ろについた。僕僕は雲の速度をやや速めて先を急ぐ。

ふた晩の後、焦《こ》げるような臭《にお》いが辺りに漂い始め、やがて山間《やまあい》から煙が上がっているのが見えてきた。そして劉欣の言う通り、一行の前に焼き討ちにあった村が現れた。そこは峰麓によく似ていた。

「苗の人たちが住んでいたんでしょうか」

「そうだろうな」

僕僕は村をぐるりと見回す。人の気配は消えているが、劉欣が言っていた死体の山も見当たらない。だが、村のあちこちに残る乾きかけた血だまりや、煙を上げる家屋は確かにここで惨劇があったことを示していた。

村の中心に建つひときわ大きな屋敷は、屋根の形こそ違うが、峰麓の宮殿と同じく高床の造りをしている。辛うじて全焼を免れているものの、槌《つち》で破壊されたのか扉には大穴が開いていた。

「最後はここに立てこもったようだな」

劉欣はぼそりと呟《つぶや》いた。

「悲しいことだが、一人助かって良かった。墓掘り人にしてはやや非力なのが哀れを誘うけどね」

そう僕僕が言ったので、王弁は驚く。村に人の気配はなく、静まり返っている。だが、屋敷の中から、何かを引きずるような音が聞こえて彼はたじろいだ。穴の開いた扉が内側から押しあけられ、人影が這《は》い出てくる。

頭を垂れ、肩口には矢が突き立ち、体中の傷口は茶褐色に乾いている。到底生きているようには見えなかったが、王弁は駆け寄ろうとした。

「待て」

僕僕の声が彼を押しとどめる。よく見てみろ、と目で言われて足を止めると、その男は自らの意思で動いているのではなかった。小さな影が、その男を担《かつ》いで屋敷から出ようとしているのだ。劉欣が近づき、ひょいとその死体を持ちあげる。その下にいる者の姿を見て王弁はさらに驚愕《きょうがく》した。

死体を担いでいたのは、まだ幼い女の子だったからだ。苗の娘特有の黒く豊かな髪は汗と埃《ほこり》に汚れ、顔の前に垂れさがって幽鬼のようでもある。

「蒼芽香《そうがこう》、まだやっているのか。さっさと逃げろと言ったはずだ」

髪をかき上げ、眩《まぶ》しそうに辺りを見回していた少女は、劉欣の言葉にはっとなった。

「その声、先日手伝ってくれた劉欣さんですか？」

劉欣は答えず、屋敷前の広場の隅に掘ってあった大きな穴に、遺体をそっと横たえた。

「お前も死にたいのか」

「みんなを土に還《かえ》してあげなければなりません」

「放っておけば勝手に土に還る」

「ただ腐ってゆくのと、誰かに悼《いた》まれて土に還るのでは違います」

「変わらん」

蒼芽香はそれ以上劉欣には答えず、ゆっくりとした足取りで再び屋敷の中に入り、次の一体を運び出そうとしていた。劉欣は黙って手伝う。僕僕も雲から下り、華奢《きやしや》な両肩に軽々と遺体を担ぐと埋葬を手伝い出した。王弁も袖《そで》をまくり、その後に続こうとする。

だが屋敷の中には、死体はもう残っていなかった。

「劉欣さんのおかげで、皆も助かりました」

蒼芽香は深々と頭を下げる。王弁はそこでようやく、少女の瞳《ひとみ》が光を映していないことに気付いた。視覚以外を頼りに、遺体を埋め続けていたようだ。だが、彼女は鼻をうごめかすと首を傾《かし》げる。

「良い香りと軽やかな足取りがいくつもします。お友達を連れて来てくれたのですか」

「友達ではない。道連れだ」

「それは素晴らしいことです。御覧の通り、お客様をもてなす余裕はございませんが、ごゆるりと」

蒼芽香は汗と脂《あぶら》にまみれ、切り裂きだらけの衣で身を包んでいるわりには、姫君のように典雅な物腰だった。だが、僕僕たちがいる場所からはややずれた方向に礼を言っている。薄妃は優しくその肩を抱き、僕僕の方に向けてやった。

「あなたはお姉さまの匂いがします」

ふと表情を和らげた。

「お姉さまは？」

と訊《き》きかけた薄妃ははっと口を覆《おお》う。だが少女は表情を変えないまま、広場の隅の埋葬穴を指さした。

「……ごめんね」

「人は死にます。小さい頃にお父様とお母様が、教えてくれました。昨日元気でも、今日死ぬことがある。明日死ぬかもしれない。だから何があっても動じてはならない。それは自然なことだから」

気負う風でもなく、少女は歌うように言った。

「衣を換えてきます」

そう言って屋敷の奥に姿を消した直後、広場に数十人の男たちがなだれ込んできた。手には湾刀を持ち、数人は矢を番《つが》えて一行に狙《ねら》いを定めている。王弁は悲鳴を上げそうになったが、落ち着け、と僕僕が小さく言ったので口を抑えた。

「貴様らが村を焼いたのか！」

頭目らしき男が荒々しい声を上げた。

5

男たちの目は血走り、怒りの唸《うな》り声を上げている。王弁の膝《ひざ》が震えだすほどの殺気が広場に漲《みなぎ》りつつあった。

「漢人の賊め、もう許さぬ！」

怒号は広場に響き渡り、一行を押し包んだ。だが僕僕も劉欣も、怯《おび》えた表情一つ浮かべない。僕僕は一歩進み出ると、

「本当にそんなことを考えているのなら、この村の人たちも最低な友人を持ったものだ。誰が敵かすらわからない愚かな頭では、そのうち自らも滅ぼすぞ」

と切って捨てる。隊長格らしい男はさらに顔を紅潮させ、兵たちに襲いかかるよう命じた。だが、屋敷の奥から出てきた蒼芽香の顔を見て、動きを止める。

「おお、蒼芽香よ。無事だったのか！」

隊長は喜びをあらわにして駆け寄ろうとしたが、蒼芽香は厳しい声で止めた。

「黄銅革《おうどうかく》よ、控えて下さい。わが同胞の遺体を葬るため手を貸してくれた方々に、よく確かめもせず罪をなすりつけるとは何事ですか」

「罪をなすりつけるつもりはないが、漢人は敵だ。先には俺の国が焼かれた。今日はお前の国が蹂躙《じゅうりん》されている。まつろわぬ蛮族を招撫《しょうぶ》するという名目で、やっていることは盗賊と同じだ。こいつらはその一員なんだぞ」

「よく見て」

蒼芽香は静かな表情で王弁たちの衣を指した。

「この汚れは同胞たちを葬る穴を掘り、そして埋めた時についた土埃と血です。この額に浮かぶ汗は見ず知らずの者の遺体を運んだ時に流したもの。我らを傷つけるために流されたものではありません」

黄銅革は忌々《いまいま》しげに舌打ちする。

「漢人などどれも同じだ。……だがお前らの素性を詮索《せんさく》する前に、失われた命を弔《とむら》わねばならん」

部下たちに命じ、埋葬された穴を綺麗《きれい》に整えて壇を築くと、悲しげな歌を捧《ささ》げて弔意を表した。男たちも和して、その悼みは煙も収まりつつある集落に響き渡る。

「沁《し》みるね」

僕僕は一枚の布を王弁に手渡しながら、ため息をついた。

「木陰に行って体を拭《ふ》き清めるといい。死の穢《けが》れはキミのような生きている者にとってよくない。特にこのような南方ではね」

布はしっとりと湿り、体をこすると真っ黒になった。だがその後は爽快《そうかい》で、湯あみでもした後のようである。

「キミも使え」

蒼芽香は僕僕が差し出した布を断った。

「皆が流した血と涙が私に沁み込むまで、待って下さい」

「ほう」

驚いたように僕僕が目を細めた。

「血と涙をその身に沁み込ませてどうする」

「背負ってみんなの分まで生きます」

「光を失って行く道は険しいのではないか」

「光を失っても、誇りまで失ったわけではありません。たとえ肉体を滅していようと、同胞たちがきっと導いてくれるでしょう」

僕僕は布の代わりに薬籠《やくろう》を袖から取り出し、一粒の丸薬を手渡した。

「これは？」

「いい覚悟を見せてくれたお礼だ」

「お薬、ですか？」

匂いを嗅《か》いで蒼芽香は訊《たず》ねる。

「心得があるのか？」

「はい。母が教えてくれました。これは石決明《せっけつめい》（鮑《あわび》の貝殻粉）と菊花を使っている丸薬ですから、私の目を気遣って下さったものですね」

「そうだ。もしキミが望むのであれば、キミの中に眠っている光を感じる力をもう一度呼び覚まそう」

「光を得れば、見なくていいものも視界に入ります」

「だが同胞たちを背負うなら、目に映るもの全《すべ》てを見て歩いてやった方がいいのではないか？　それくらいの報酬を得てもいい」

「……皆に恨まれないでしょうか」

心細い声で蒼芽香は訊ねる。だが僕僕は優しい声で、

「同胞をそういう人たちだと思っているのかな？」

と問い返した。しばらく考え込んでいた蒼芽香は、きゅっとくちびるを嚙《か》みしめると、お願いします、と頭を下げた。僕僕に促されて丸薬を飲みこみ、胸を押さえてせき込む。

王弁が背中をさすると、しばらくして落ち着いた。そして彼女がゆっくりと瞼《まぶた》を開くと、黒々とした大きな瞳に王弁の顔が映っている。

「初めに手伝ってくれた方とは匂いが違います」

「劉欣……はいないな」

呼ぼうとしたが、いつの間にか姿を消していた。蒼芽香は黄銅革が弔いを続けている広場に目をやり、

「やはり本当に起こったことなのですね……。いえ、本当なのはわかっているのですが、目に見えるとより辛《つら》いです」

と肩を落とす。

「でももう、済んでしまったことは仕方ありませんよね。私たちに力が足りませんで

した」

努めて明るく言う少女を、一行はただ見つめていた。薄妃が何も言わないまま、蒼芽香を抱きしめる。驚いて瞬《まばた》きを繰り返す彼女の目に、涙が滲《にじ》んできた。

「あなたは立派だったわ。故郷の最後の生き残りとして、これ以上ない振舞いをした。でも、もういいのよ」

薄妃の言葉を合図に、少女は全身を震わせて泣いた。薄妃の衣が皺《しわ》くちゃになるほど摑《つか》み、揺すり、身をよじって家族の名を叫ぶ。それは男たちの弔いの歌と合わせて、王弁の胸を打った。

やがて慟哭《どうこく》を終えた蒼芽香は涙を拭き、薄妃に頭を下げて身を離した。

「いかに目を閉じようとも、起こったことは変えられない。失われた命は、神仙ですら蘇《よみがえ》らせることは難しい。キミは幸運にも命を拾い、光を取り戻した。土に還る同胞の分も、目を開いてしっかり見ておあげ」

僕僕の言葉に蒼芽香がこくりと頷《うなず》く間に、男たちの歌は終わりを迎えていた。隊長の黄銅革は涙を収めて僕僕の前に立ち、改めて非礼を詫《わ》びた。

「ぜひ我が国にお招きしたい。我らは〝諸人の王〟の前線に立ち、その楽土を守るために戦っておるのです」

王弁は思わず僕僕の横顔を覗《のぞ》き見る。僕僕はただ一言、行こう、と応じた。

# 第二章　蛮夷の官軍

## 1

僕僕一行が蒼芽《そうが》香《こう》に出会う半年ほど前のことである。

一人の男が長安からの命によって、西へと出征すべく準備を整えていた。身の丈は六尺にも及び、龍のように長く伸びた髯《ひげ》には辺りを払うような威厳がある。仕事仲間からは「小関公《しょうかんこう》（関公は三国時代の英雄関羽《かんう》）」とあだ名されるほどに敬愛されていた。

彼が暮らしているのは、荊州義陽郡《けいしゅうぎよう》は桐柏県《とうはく》という田舎町である。町の南には県名と名を同じくする、緑豊かで険しい桐柏山がそびえている。華中平原を潤《うるお》す大河の一つ、淮水《わいすい》の源となるその山のふもとに、町はひっそりとたたずんでいる。

彼、陳慶《ちんけい》は「義陽蛮」である。〝蛮〟とは漢人に言わせれば〝南方に住む野蛮な者〟という意味だ。長安、洛陽《らくよう》からもそれほど遠くない予州《よしゅう》と荊州の境に住んでいながら、彼らは漢人たちが天下の中央だと称した「中原」の民とことあるごとに区別されてきた歴史を持つ。

もともと「中国」という言葉は、紀元前十一世紀、周の成王の時代あたりで中原に住む民族が使い出した。やがて彼らが華北、華中、そして華南を政治的にも文化的にも制圧して行くに従って、「中国」の範囲も拡大していった。

その過程で、彼らの勢力範囲外にいるもの、もしくは彼らと争って没落したものは、いずれも〝人以下の存在〟を示す呼び名の蛮、夷《い》、狄《てき》、戎《じゅう》、として恐れられ、また蔑《さげす》まれた。

陳慶の住む町は水こそ豊富なものの、土は瘦《や》せ、また険しい。貧しい人間ばかりが集まっていたが、陳慶はそれでも漢人の県令に重用されていた父のおかげで学問と武術、それに占卜《せんぼく》の術を学ぶことを得て、桐柏県の東にある平氏《へいし》県の小役人として仕事に就くことが出来た。

その頃のことを思い出すと、彼は今でも全身が熱くなる。

平氏県令を務めていた李緒《りちょ》という男は、自らが洛陽に近い汝南《じょなん》の名族出身であるということだけが自慢のつまらない男で、何かにつけ陳慶たち桐柏出身の者に辛く当たった。

肝心の仕事が出来るかといえばそうでもない。ふんぞり返って役所に座っているのみで、何かを裁く段になってもまるで当を得ずに民心を失うばかりだった。

それだけならまだ陳慶もそっぽを向いて我慢していれば何とかなった。しかし弟分の石応《せきおう》が、県令の前でくしゃみを一つしただけで杖《つえ》打ちの刑に処されたのを見て、ついに堪忍袋《かんにんぶくろ》の緒が切れた。白昼堂々県の役所に乗り込むと、官兵たちの居並ぶ前で県令を殴り倒して故郷に帰ったものである。

平氏県は陳慶の故郷に近い上に、役所に勤めている人間のほとんどは顔見知りであるし、同じく「蛮」出身のものも相当数いた。陳慶は一戦交える気が満々にあったものの、もともと李緒県令を快く思っていなかった漢人の官吏たちも喝采《かっさい》を送ったおかげで、免官されただけで済んだ。

故郷に帰った陳慶は、少々の畑を耕しながら近隣の子弟たちに読み書きや武術を教えて生計を立てていた。

ある日、彼の下に、村の若者が血相を変えて集まった。荊州刺史《しし》から、県の壮丁《そうてい》を全《すべ》て差し出して南西のはるか彼方《かなた》、雲南《うんなん》へ出兵せよという命令が下されたからであった。彼の地の蛮族が大規模な反乱を起こしたという。

もとより貢租《こうそ》を払うのが精一杯の生活である。その貢租が払えないとなると、周囲への見せしめに罰を下されるのが義陽蛮たちであった。鞭《むち》打たれ、杖で殴られ、ひどい時はのぼせ上がった血で顔の大きさが倍になるまで逆さ吊《づ》りにされることすらあった。

その上この徴兵令である。桐柏の義陽蛮たちが動揺するのも無理はなかった。

「どうする、と言っても出さないわけにはいかないだろう」

陳慶も腹を立てている。だが県令あたりを蹴飛《けと》ばすのと、軍事に関わる命令に反抗することとはわけが違った。

「最低限の働き手は残して、人数を出すほかあるまい」

「これ以上人手が減ったら次の年貢《ねんぐ》を納めることが出来ねえ」

卓をどんと叩《たた》いたのは弟分である石応であった。どの家にも、余分な手などないのだ。そして、かつては中原に抗《あらが》った大勢力が支配する雲南は、この河南《かなん》からはあまりに遠い。

「まあ焦《あせ》るな」

陳慶は血走った目で彼を見る村の面々を、両手を挙げて宥《なだ》めた。

「漢人の役人のやることには何にでも穴があるものだ。ここは命に従っておいて、蜀《しょく》の地まで行かずに済む方法を考えようじゃないか」

村で数少ない漢人の学問、武術を修めた人間であり、容貌《ようぼう》も立派な陳慶は、村の若者達の知恵袋でもある。彼自身もその立場をよく自覚していて、村の男たちを無事に故郷に連れ帰るにはどうしたらいいか、二、三日かけて思案するつもりであった。

２

そして三日後。思案のまとまった陳慶は命令された数だけ人を集めると、あえて気楽な口調で彼らに語りかけた。

「何せ雲南は千里の先だ。険路《けんろ》を行くのだし、ゆるりと参ろう」

「そんなことで大丈夫なのか」

石応が気がかりそうに尋ねる。

秦《しん》の時代より徴用の期限に遅れることは重罪である。秦を滅ぼすきっかけとなった陳勝《ちんしょう》・呉広《ごこう》の乱も元はといえば、徴用に遅れて死刑にされるよりは、と破れかぶれで挙兵した側面があった。

「皆落ち着かない」

石応は心配でたまらないらしい。

「無理もない。これから畑仕事も忙しくなる時期だというのに」

村の入り口に立つ柏《かしわ》の大木の元に集まった三百人の男たちは、やはりどこか不安そうな顔をしていた。徴発されて義陽の郡城までは働きに出ることこそあるものの、湖北や湖南といった隣州との境を越えたことがある者は稀《まれ》だ。ましてや雲南という地の果てに等しい場所が目的地ならなおさらである。

「我らはこれから、同じように蛮夷《ばんい》の名を冠せられた同胞たちのもとを訪れて兵を集めつつ西に向かう」

男たちは顔を見合わせて囁《ささや》き合い、そして陳慶を見上げる。彼らにとっては、わが身が無事で故郷に帰ってくることが何よりも大切なのだ。いくら徴用に素直に従ったところで、野盗の集団に襲われでもしたら何にもならない。国からの補償などびた一文出ないことはよくわかっていた。全ては陳慶の肩にかかっている。

「では行こうか」

兄の陳昧《ちんまい》に留守を頼み、陳慶は男たちを引き連れ出立した。官命での道行きであるから、街道を行くこと自体には困難はなく、陳慶の顔が利《き》く〝蛮夷の地〟を進む限りは宿に困ることもない。

しかし数日進むうちに、一行の中には不穏な空気が漂ってきた。

「これを見てくれよ」

石応は懐《ふところ》から饅頭《まんじゅう》を取り出し、一口嚙《か》んだ跡を指し示した。湯気を立てているのは挽《ひ》いた肉のように見えてそうではない。牛糞《ぎゅうふん》が詰め込んであった。

「人を馬鹿《ばか》にするにも程があるってんだ！」

地面にそれを叩きつけた石応は、糞《くそ》饅頭を売りつけた店のある南陽郡の市場に殴り込む勢いである。同じような目にあった者も多いらしく、男たちの間に怒りの声が拡《ひろ》がった。

「待て」

陳慶はあわてて止める。

「何で止めるんだよ。村で誰かがこんなことしやがったら、兄貴だってただじゃおかねえだろ」

弟分の怒りはもっともだと思いながら、このまま城内で暴れられてもこちらの方が不利になるだけだ。こちらが桐柏山の蛮人であるというだけで中原の人間がする裁きは相手方に傾く。それこそが華と蛮の差であった。

その時である。

「蛮夷は悲しいね」

冷やかすような声が彼らの背後から飛んできた。いつからいたのか、一人の小柄な若者が路傍の岩にまたがるように座り、彼らのやり取りをにやにや笑いながら眺めている。

「蛮人だから糞入りの饅頭を売りつけられるのさ。そんなこともわかんねえのか」

陳慶は一瞬あっけに取られた。平氏県の県令ですら、ここまであからさまな侮蔑《ぶべつ》の言葉を投げつけてくることはなかった。

「てめえ……」

怒りを爆発させた石応が飛びかかる。石応は陳慶と共に刀槍《とうそう》や騎射《きしゃ》を学んだ男で、身のこなしも素早い。しかしその若者は、飛び掛ってきた石応を軽々といなすと、岩に立てかけてあった剣をすっと背負って身構えた。

若者が身に着けている衣服は、県の下働きをしている者に支給される粗末なものだ。そして陳慶は、彼の衣服が下働きの中でもさらにきつい仕事を任されている者が着ている、汚れの染《し》み付いたものであることに気付いた。

皮肉なことに、陳慶がすぐそれに気付いたのは、若者が背負った大剣の鞘《さや》にあしらわれた銀の細工が、服装とあまりにも不釣合いに立派だったからだ。

「どうした蛮人。牛の糞じゃ力が出ねえか」

若者は顎《あご》を上げるようにして石応をせせら笑い、挑発を続ける。

「その口を糞饅頭でふさいでやらぁ」

石応の目は既に殺気をはらんでいる。一方の若者はその視線を全く気にした様子もなく、剣の柄《つか》に手をかけようともしない。しかし陳慶は、石応が踏み込んだら最後、弟分の体が両断されるような気がして、とっさに足許《あしもと》にあった礫《つぶて》を二つ、向かい合う二人に向かって投げつけた。

「あ、兄貴。何するんだい」

顔を相手に向けたまま目だけを動かし、石応はその礫を指の間に受けようとした。

しかし陳慶たちが瞠目《どうもく》したことに、若者は石応よりも一瞬早く、目にも止まらぬ速さでその剣を抜き、陳慶の放った礫を両断していたのだ。凄《すさ》まじい腕前である。

「なんだ。蛮人は喧嘩《けんか》の仕方もしらねえんだな」

刃を旋回させると、美しい手つきで鞘に収める。

「そうではない。同胞との喧嘩などしたくないだけだ」

陳慶の言葉に、今度はその若者が驚く番だった。

「な、何が同胞だよ。俺はお前らみたいな蛮人の仲間になった覚えはねえよ」

陳慶の足許に向けて唾《つば》を吐く。石応はさらに怒りを発して飛びかかろうとしたが陳慶はそれを押し止《とど》めて怒らず、穏やかに言葉を続けた。

「我らは義陽より来た。襄陽《じょうよう》の西北、山都県には我らと同じく神獣を祖とする者たちが住むと聞く。その者たちは山に住まい、山から銀を掘り出して富を得て、かつては栄華を誇ったという。漢人はその銀採掘の技を盗み、山都に住む者を蛮として追い使っているという話だ。君からは銀山の匂《にお》いがする」

「お、俺を臭いとか言うなっ！」

動揺したように若者が叫ぶ。

そうではない、と陳慶は諭した。自分が蛮であるからこそ、華の人間と蛮の人間の見分けがついてしまう。衣服や言葉だけではない、同じ苦しみを持つものだけが共有する「におい」がわかってしまうのだ、と。

「そ、そうかよ」

もはや若者も自分の出自を否定しようとはしなかった。

「我らはこれから、荆州各地の同胞を訪ねた後、雲南に参ろうかと考えている。君も来るか」

「……俺の名は丘沈《きゅうちん》ってんだ。どうしてもって言うんなら一緒に行ってやってもいいぜ。山仕事はもうこりごりだ」

ぶすっとした顔で偉そうに腕を組む。一行の数は一人増えた。

3

丘沈を仲間に加えた一行は南行し、洞庭湖《どうていこ》を船で移動した。湖畔沿いには、やはり蛮の名で呼ばれる部族が点在している。陳慶と同じように南西に向かうように命じられた人々を吸収しながら、彼らは進んだ。

「兄貴、このあたりは随分と居心地がいいな」

「既に呉越だし、みな蛮であることに誇りを持っている者たちだからな」

呉と越——古代、このあたりを統治した王は、自らの蛮性を誇り、逆に中原に対して独立の気風を示したばかりか、時に北方の政権を圧迫したものだ。

船上で武陵《ぶりょう》の楽人が瑟《しつ》をかき鳴らし、悲哀に満ちた南方の曲を奏《かな》でた。陳慶も、道々歩いてこれほど気楽に思うことはなかった。陰険な視線を向けてくる人間は北方から来ていることが多く、その北方中原の人間がこの辺りには少ないのである。

桐柏の男たちは、洞庭湖から五渓山《ごけいざん》を経由し、湖北湖南を気楽に歩き回っていた。

そのうちに雲南の動乱もどうにかなると陳慶も考えていたが、どうやらそれは楽観的に過ぎた。王朝がいつにない厳命を各州に下したからである。

西へ向かう命を受けた者は五日のうちに州境を越えること。また、州の責任で境を越えさせること。五日以上州内に留まらせた太守《たいしゅ》は職を免ずる、というものであった。

当時、中国大陸の東半分に住む農民で、険阻《けんそ》の地である雲南に行きたいと思う者など誰一人いなかった。当然、各郡県から集められた集団はだらだらと行程を引き延ばすことになる。陳慶たちのような集団が他にいくらでもいたのだから、反乱が起きているという雲南に思うように兵力が集まらない。業《ごう》を煮やした朝廷が強い態度に出るのもある意味当然の事であった。

もちろん、漢人の部隊も西への遠征軍に組みこまれているが、先鋒《せんぽう》は陳慶たち蛮に押しつけられた。両者の間に不穏な空気は高まり、誰が敵なのか判然としなくなってきた。

「何とかしないとまずいな……」

陳慶は身ごなしの軽い者を四方に走らせ、周囲の様子を探る。そして、各地の漢人州兵と徴用された蛮夷の兵団の間で小競《こぜ》り合《あ》いが繰り返されていることをつかんだ。桐柏の集団は陳慶が抑えているおかげで、漢人部隊と衝突せずに済んでいるが、近くを行軍していた別の蛮夷隊と漢人兵も、ついにぶつかってしまったらしい。

死者が出るに及んで、陳慶は配下を率いて間に割って入り、何とか双方を引き離すことに成功した。だが悪いことに、その混乱の中で漢人側の総指揮官をはじめ幹部一同が逃げてしまった。

「なんと無責任な……」

沈着な陳慶も思わず天を仰ぐ。目の前には困り果てた漢人兵士千人が呆然《ぼうぜん》と立ち尽くしている。

「放っておきましょうよ。あいつらはあいつらで勝手に帰りますよ。俺たちも帰りましょう。司令官がいなくなったんだから俺たちのせいじゃありませんて」

冷たく言い放つ石応の傍らで、陳慶の考えは異なっていた。

「今頃、逃亡した漢人どもは任務放棄の責任は我らにあると触れて回っていることだろう。我らが帰れば、それこそ奴《やつ》らの思う壺《つぼ》ではないか。手柄を立てて帰る方がまだ言い訳も立つ」

「忌々《いまいま》しいね」

石応は不満げに唾を吐く。

「話が出来るのはいないのか」

陳慶が呼びかけても、漢人隊の兵士たちは顔を見合わせるばかりで誰も出ない。部隊を統率出来る地位の者は根こそぎ逃げていた。仕方なく、小隊長である都将《としょう》を全員呼び出して事情を聞こうとしたところ、今度は一人が、

「き、貴様ら蛮人の命など聞かん！」

と叫ぶ。

「それは勝手だが、この先の思案があるのか」

陳慶はため息をついて訊《たず》ねる。そうするとまた、口をつぐむのである。

だが粘り強く話を聞き続けるうちに、逃げた者はそれぞれ刺史《しし》や高官につてを持っていることがわかった。残っているのは、このまま帰れば重い罰を受ける者ばかりだ。

「一体、どうするつもりなのだ。私たちはどの道、進むしかない。ここで命に背き、

賊となって山に隠れるのもいいが、そうなれば故郷の家族に難が及ぶからそれはしない」

都将たちは顔を見合わせて様子をうかがっていたが、やがて口々に陳慶の兵団と行動を共にしたいと申し出た。

漢人の部隊にも目端が利くのがいるようで、数日後ある物を陳慶に差し出してきた。軍旗である。中央に大きく「陳」と縫い取られている。

「これは？」

「あんたが一応俺たちの総大将になるわけだから……」

「一応は余計だろ！」

と噛みつく石応を黙らせ、陳慶は黙って頭を下げた。都将たちは自分たちの部隊に戻り、天幕の中には陳慶と石応だけが残された。

「信用できるんですかい」

「こちらが信用できるかと言うより、あちらが信用してくれるかどうかだな」

「何か考えが？」

陳慶は頷《うなず》く。

「雲南の相手と交渉して、落とし所を探る」

「反乱を起こしている連中が話なんか聞いてくれるかよ」

「私たちは蜂起した蛮夷を討伐しろと言われて西に向かっている。だがよく考えてみろ。我らも蛮夷なのだ。きっと話が通じるはず」

「そうかなあ……」

半信半疑の石応だったが、漢人の指揮官がいなくなった分、交渉しやすいと陳慶は希望を抱いていた。

4

道は益州《えきしゅう》の境を越えて雲南に至っても、陳慶が粛々と旗を押し立てて進軍したので、誤って兵が捕縛されるようなことはなかった。ただ、陳慶たちが義陽蛮であることを知ると、どの州の刺史も歓迎の言葉もそこそこに追い立てるのが常であった。

「け、何だよあの態度」

石応が息巻いている。

「慣れたものではないか。かりかりするな」

それでも、漢人が人口の半ばを占める諸州を進んでいるうちはまだ良かった。だが、雲南のさらに西の端、吐蕃《チベット》の高原に連なる高峰が遠くに見える山岳地域に入るにつれて、さらなる辺境へ進むことに恐れをなした漢人たちが殺気立ってきた。

「もういいのではないか」

陳慶の天幕まで押し掛けてきた都将たちは、陳慶に迫る。

「まだだ。このまま帰るのは敵前逃亡に等しい」

「その責任はあんたが取るんだろ！」

ついに都将たちの本音が出た。だが陳慶は声を荒げることなく、

「私がこの軍の総大将である。命に従わぬとあれば、軍規に照らして処断する」

「ば、蛮族風情《ふぜい》が何を……」

「蛮夷だろうが何だろうが、私の旗を立ててここまで来ることを認めたのは、お前たちだろう」

これには都将たちも返す言葉がなく、悄然《しょうぜん》と退出していく。

「けっ、いい気味だ」

「こんなことで溜飲《りゅういん》を下げている場合じゃないぞ。彼らの動きに気をつけなければならん」

「脱走するってことかい」

「それ位なら話は簡単だが……。ところで石応、この先にある目的地で誰に話を持って行ったらいいかわかるか？」

「わかるわけないよ。もしかして兄貴、最初から戦争をする気はないのか」

「する必要がない。漢人のために私たちが血を流し合うのか？」

石応は安心したように頷いた。

「ああよかった。兄貴は最近漢人の肩を持っているような気がしてたからさ、ちょっと不安だったんだ。よし、俺が丘沈と先行して、交渉相手になりそうな王を探してくるよ」

「頼んだぞ」

腹心が雲南の奥地に消えた後、陳慶はゆっくりと待つつもりでいた。前線に部隊を進めなければ、揉《も》め事《ごと》も起こらない。そう考えていたからである。だが一ヵ月経《た》っても、石応たちは帰って来なかった。

そして案の定、漢人たちが再び騒ぎ出した。

「陳慶どのは我らを蛮夷の地に釘《くぎ》づけにして腐らせるおつもりか」

と食ってかかる。

「そんなわけはない。斥候《せっこう》を出し、いかに兵を進めるべきかを探っている」

「本当に出来るのか？　本気でやっているなら、ここはあなたの親戚《しんせき》が住んでいる地域なのだ。とっくに情報が入っていなければおかしいじゃないか」

「あなたは湖南の出だそうだが、漢人というだけで北の燕州《えんしゅう》にも親戚が多く住んでいるものかね」

「それは、違うが……。そんなことはどうでもいい。さっさと軍を返さないと、部下を抑え切れない。陳慶どのを斬《き》っても国に帰ると皆が息巻いているぞ」

「ほう……。やれるものならやってみるがいい！」

陳慶は目を細め、初めて都将たちを一喝した。

「我ら義陽蛮、武技と闘志にかけて恥じる者はおらぬ。それでも喧嘩を売るというのなら、私たちは恐れず買うぞ」

しかし都将たちも必死である。軍を返せ、いや返さぬの押し問答となった。ついに彼らは、もうついていけぬと捨て台詞《ぜりふ》を残し、席を蹴《け》った。

「どうしますか」

周囲の者が心配そうに陳慶に訊ねる。

「あいつら、始末してしまった方がいいのでは」

多くの者がそう主張したが、陳慶は首を横に振り続けた。

「仮にも軍を率いる身だ。罪もないのに将兵を殺せるか。ともかく、石応たちが帰ってくるまでの辛抱だ」

陳慶はさらに十数人を石応たちの消息を探すために出し、自身は漢人部隊を訪れて懸命の説得に当たった。都将たちも陳慶の熱意に打たれた様子で、説得は成功するかに思われた三日後、漢人部隊が忽然《こつぜん》と姿を消していた。監視に付けていた陳慶の近習《きんじゅう》たちは手足を縛られて、街道脇《わき》に放り出されていた。

「何故《なぜ》わからぬのだ……」

陳慶は大きなため息をつくしかなかった。

5

ため息をついた後の陳慶は、一転して激しく動いた。配下を三手に分け、東へ向かう道をたどらせた。

「見つけて、必ず引き戻して来い」

それはかつて部下たちが見たことのないような、厳しい神像のような顔だった。だが、

「て、ことは、逆らえば殺してもいいんですか」

勢い込む部下たちの問いはきっぱりと否定した。

「ここは私たちの土地ではない。考えてもみろ。お前たちがこの地の村人だったとして、武装して村を襲おうとするよそ者たちが現れたらどうする」

「そりゃ……戦いますよ」

「この辺りで暮らす者は我らと同じく山に慣れているだろう。だとすれば、漢人どもがたとえ村の一つを略奪することは出来たとしても、いずれ一人ずつ削られて山野の土になるだけだ」

「陳慶さん、もしかしてあいつらを助けようとしているのですか」

「そうだ」

「何故です！　あいつらは事あるごとに陳慶さんに反抗し、今また勝手に部隊を離れている。先日は仰《おっしゃ》っていたではないですか。軍規に照らして処断する、と」

「確かに言った。だが、もし石応と丘沈が反乱を起こしている連中に囚《とら》われていたらどうする。漢人どもが暴発した腹いせに殺されるかも知れんのだぞ。それでもいいの

か」

　部下たちは口々に、駄目です！　と叫んだ。

「私だってそれは避けたい。だから皆を連れ戻して来い。一緒に義陽に帰ろう。もし漢人の部隊にこちらの理が通らなければ、組み伏せてでも止めるのだ」

「あいつらを止めるために血を流すのは嫌だぜ」

「一滴の血が流れたとしても、全《すべ》ての命を助けることを第一に考えてくれ」

　陳慶の威厳に一同は頷くと、北東、東、南東の三方へと散った。陳慶は近習三人とその場に待つ。彼は食事もとらず、ただ黙然とそこに座っていた。近習たちも身動きが取れず、空腹のあまり一人が倒れかけた頃、南東に向かった部下の一人が駆けこんで来た。瞑目《めいもく》していた陳慶は目を開き、その報告を待つ。

「陳慶さま」

　傷だらけの姿が、何が起こったかを物語っていた。

「漢人どもの一部が匪賊《ひぞく》と化し、蝗《いなご》のように村を略奪して回っています」

「一部？」

「我らの言葉を聞き入れてくれた都将も何人かはいました。彼らは間もなくここに戻ってきます」

「それは良かった。が、全員、とはいかなかったのだな」

「残念ながら」

陳慶は肩を落としたが、すぐに残りの二方面に出した部下を呼び戻させ、一気に南東へと急行した。焼き払われた村をいくつか通り過ぎて三日ほぼ休まず走り抜き、目前で激しい煙が上がっているのを目撃した。

斥候に出ていた兵が、「陳」の旗を立てた一団が南詔《なんしょう》人らしき集団と交戦していると報告してきた。

「側面から乱入し、匪賊を中央から分断する。鼓《こ》を持つ者は我らが側面から割って入ると同時に引太鼓《ひきだいこ》を全力で叩《たた》き続けよ。漢人の兵はあの音に敏感だ。退却だと勘違いして足を止めたら、虚を衝《つ》いて旗を全て倒してしまえ」

陳慶は現在も一緒に行動している漢人部隊の都将たちを呼び、略奪に走った仲間の退路を断って欲しいと頼んだ。

「あんたは自分の仲間は助けるが、俺たちの仲間は殺せと言うのか」

都将たちは反発したが、陳慶は冷静に情勢を告げた。

「これ以上の蛮行を止《や》めて降伏するように呼び掛けて欲しいのだ」

そういうことなら、と彼らも納得し、配置に就く。ちょうど、略奪者たちはひとまず山の中に退いた南詔人の影に怯《おび》えて、側面と背後に迫った陳慶たちに気付かない。

陳慶の合図で、鼓兵が引太鼓を乱打し始める。正面に気を取られていた匪賊は一瞬、棒立ちになったように見えた。そこに、陳慶たちが風のように現れたものだから、彼らは狼狽《ろうばい》する。

「陳」の旗は次々に倒されたが、匪賊となった数百人にのぼる逃亡兵は背中を向けて遁走《とんそう》しようとした。だがそこには、陳慶の説得を受けた漢人部隊が待ちかまえている。

（……！）

陳慶は思わず目を剝《む》いた。説得役のはずだった漢人兵の何割かが、逃亡する者たちと共に走り去ってしまったのだ。

（追え！）

陳慶が叫ぼうとしたその刹那《せつな》、鋭い一喝がその場に響いた。将兵の脚が一斉に止まるほどの、凜《りん》としたよく通る号令である。しかも、戦場に似つかわしい錆《さ》びた声ではなく、役者のような艶《つや》さえある。

一同が振り向くと、深緑の馬上服で身を包んだだけの、しかし精悍《せいかん》な体つきをした一団が彼らを取り囲んでいた。全員が弓を引き絞り、無数の鏃《やじり》で狙《ねら》っている。反撃の態勢を取ろうとした部下たちを、陳慶は止めた。

「蛮夷を以《も》って蛮夷を狩ろうとは、さすがに漢人どものやることは汚い」

一人の若者がそう呟《つぶや》きつつ前に進み出た。

「あなたが大将か」

陳慶も前に出て訊《たず》ねる。

「一応ね」

利発そうな、すらりとした体軀《たいく》の青年は、爽《さわ》やかな笑みを浮かべた。碧色《あおいろ》に輝く瞳《ひとみ》に気付いて西域の人間かと陳慶は思ったが、見れば見るほどどこの人間か判然としない不思議な顔つきをしていた。

「ここ最近、私の仲間が住む国々を荒らしているのは、あなたの仲間か」

「私の旗を持っている以上、そうだと答えるしかない」

陳慶は悪びれず答えた。

「わが民は怒っている」

「わかっている。私は甘んじて罰を受ける。暴虐《ぼうぎゃく》に手を染めた者も全て差し出す。だがそれに関わっていない者もいる。関わっていない者たちはどうか見逃してやって欲しい」

青年は感心したように頷《うなず》いた。

「先日、わが国の領域に迷い込んで来た若者が二人いてね。あなたのことを話していたよ。東の彼方《かなた》、義陽蛮にあなたのような男がいることは真に喜ばしい。私の志に賛同し、ぜひ一翼となってもらいたいものだ」

「どういうことだ？」

青年はその〝志〟を陳慶に話す。だが、聞いているうちに彼は青ざめてきた。恐ろしいことこの上ない謀《はか》りごとであった。

「お断りだ。私は故郷にいる家族や同胞たちを危うい目に遭わせたくない」

「断れば、私はあなた方を民たちの怒りから守りきれないかも知れないよ。それに家族や同胞がいるとあなたは言うが、それは我が国でも作ることが出来る」

「何を言っている？」

陳慶は訝《いぶか》しげに首を傾《かし》げた。

「簡単なことだ。あなた方を我が国に歓迎しようと手を差し伸べているのだ。私に従って我が国の力となることこそ、何よりも尊い。故郷や家族など、いくらでも代わりがあるではないか」

「故郷や家族は、別のどこかや誰かが代わりを務められるものではない。ともかく、私がこの軍の指揮官である。捕えられた斥候二人の罪も、あなたの誘いを拒んだ罪も、私一人が負うべきものだ」

陳慶は堂々と拒否し、青年は残念そうに肩をすくめた。

「大丈夫《だいじょうふ》（立派な男）というのは一度決めるとてこでも動かないな。しかし、どれほど巨大な岩も水の一滴で割れることもある。気が変わるまで私の下働きをしていてもらおう。ちょうど迷い込んできたあなたの配下の丘沈に、その技能を生かし、都近くの銀山で技師をしてもらうことになっている。その手伝いをしていたまえ」

将兵たちはざわめくが、陳慶は手を振って黙らせる。すぐに殺す気はなさそうだ、と考えてとりあえずは従うことを決断した。そして衆に向かい、

「我らは包囲され、戦うことに利はない。ここで無駄に死ぬことは、故郷の家族に対する裏切りである。我らは耐えて、また東に帰るのだ」

彼らが武器を投げ、鎧《よろい》を脱ぐのを見て、青年は満足そうに微笑《ほほえ》んだ。

# 第三章　光の国

## 1

僕僕は蒼芽香《そうがこう》を連れて彼女の国を出発し、西に向かっている。黄銅革《おうどうかく》は北へと逃げた略奪者を追ってから、数日後に一行に合流した。

「もう少しで全滅させることが出来たのにな。あの漢賊ども、実にしぶとい」

と空笑いをする。しかし、僕僕も王弁もじっと黙っていた。特に王弁は、その目で見たことをうまく整理できないでいる。

「別に珍しいことでも何でもない。キミだって辺境の人々と漢人が仲睦《なかむつ》まじくやってるなんて思ってなかっただろう？　漢人は蛮夷《ばんい》と蔑《さげす》んでいるし、この辺りの者からすれば漢人など、何をしてもらったわけでもないのに奪っていく盗賊みたいなものだ」

僕僕の言葉にも、頷《うなず》けない。

「そうかも知れませんけど……」

「あの手の脱走兵が狼藉《ろうぜき》を働くことは多い。ああいうのは目につくが、もう少し北の方では苗《ミャオ》や彝《い》の人たちが国ごと山中に押し込められ、数十年のこぜりあいのうちに最後は土地のほとんどを漢人に奪われることも多いのだ」

苗人は山中で勇敢に戦っているが、人数と装備で圧倒的に劣っていた。彼らにはまだ逃げ込める山深い奥地が残っているにせよ、先祖伝来の国は次々に滅んで漢人の手に落ちているという。

「キミたちの国はそうやって大きくなってきたのさ。中原や、キミの故郷の淮南《わいなん》のような平穏な土地にいれば、想像もつかないだろうけどね」

「ひどい……」

「ひどくないよ。キミたち漢人の国は力もあり、知恵もあった。そして他の人々よりほんの少し、大きな力を集めることが上手だったのさ」

「でもこれだと蝗《いなご》みたいなものじゃないですか。自分たちの欲を満たすために、罪のない苗人の国に押し寄せて、しかも反乱呼ばわりだなんて」

「漢人は、自分たちにとっては正しいことをしている。それに歯向かってくる人々の様子が反乱に見えるのは仕方ないよ」

「先生は俺が誰かに同情すると、そうやって冷たい物言いをすることがありますよね」

「憐《あわ》れみだけなら誰でも出来るさ」

「確かに俺には力がありません。でも先生なら助けられます」

「ではボクが道力を発揮して、苗人たちを虐《しいた》げる漢人たちに雷でも落とせばキミは満足するのか。同じように彼らの家を焼き、物を奪い、首をねじ切ればいいのか」

そんなこと言ってませんよ、と王弁はげんなりする。

「相変わらずいちいち青いんだよ。それはキミの良さでもあるのだけどね。目の前のことで一喜一憂して、その度に入れ込む。キミの力で何とか出来るものならともかく、苗人を始めとする南方の人々と漢人との因縁をどうにか出来るのか」

もはや王弁は何も言い返すことができず、俯《うつむ》いて吉良《きら》の手綱を引いている。

「でも王弁さんは我が一族の遺体を担《かつ》いでくれました」

蒼芽香が言葉を挟んだ。

「漢人は群れをなして非道なこともしますが、王弁さんのような人もいる。それが皆にわかってもらえたらいい」

「一人の王弁をわかってもらえる前に、百人の略奪者を見るだろうね」

「じゃあどうすればいいんです？」

苛立《いらだ》ちを抑えきれず、王弁は問うた。僕僕は雲の上から前を指さした。

「ただ同情だけで終わらせない男がこの先にいるという」

「もしかしてあの、みんなが言ってる〝諸人の王〟という奴《やつ》のところですか」

「ま、行くだけ行ってみようよ」

王弁の剣幕をいなすように僕僕は言う。道はいつしか北へと向いていた。

山並みはさらに険しくなり、道は馬一頭分の広さから変わっていないものの、谷底からしていた川の流れる音すら聞こえなくなっている。山の方を見れば、覆《おお》いかぶさるように急峻《きゅうしゅん》で高い絶壁が延々と続いていた。

だが人の気配が消えたわけではなく、深い谷を越えるたび逆に濃くなり始めた。集落があちらこちらに姿を現し始めたのである。これまでのように半日以上歩かないと人ともすれ違わない、ということはなくなり、道も徐々に幅を広げて作りもしっかりしたものとなっている。

「人の数、増えてきましたね」

「この先に大きな町でもあるのだろう」

徒歩で登る王弁は顎《あご》を出しながら一歩ずつ進む。足の強い現地の人々は軽々と彼を追い抜いていった。

「ふ、不公平ですよ」

水を飲みながら、王弁は口を尖《とが》らせる。僕僕は雲の上、薄妃は風の上、そして蒼芽香は吉良の背中の上である。自分の足で歩いているのは王弁だけだった。

「何でお前は簡単に乗せてるのよ」

腹立たしさを吉良にぶつける。

「私が乗せようと思ったからだ」

「俺が乗ろうとした時は苦労したのにさ……」

「その時の主《あるじ》どのには、それだけの魅力がなかったのでな」

歩幅も狭まりがちな王弁の疲れが、さらに増すようなことを言う。

「蒼芽香には何があるの」

「この娘の背中には、一人で背負うには重すぎるものが乗っているのでな。私に跨《また》がって重荷が少しでも軽くなるのなら、力を貸してやろうと思うのだ」

「ああそう」

口惜《くや》しさと妬《ねた》ましさの入り混じった気持ちを抑えきれず、王弁の口調はとげのあるものになる。

「だが我が主はあなただ。それは忘れないでもらいたい」

「滅多に乗せてもらえない主ですけどね」

雲の上でくすくすと笑っていた僕僕だったが、

「自虐《じぎゃく》も過ぎると見苦しくなるからそこまでにしておこうよ」

ととりなした。王弁も吉良に八つ当たりしている自分がますますいやになって、口をつぐむ。

「雲の上に乗れる者は雲に乗る。風に乗れる者は風に乗る。キミはその足で歩くことができる。まだ背負いきれないほどの荷もなく、自分の足で軽やかに先へと進めるのは幸いなことなんだ。キミは不服そうだが、ここにいる中で一番幸せなのはキミなんだぞ」

「確かにおめでたいでしょうけど」

とまた僻《ひが》んだことを言ってしまって、王弁は肩を落とす。

「まあそう焦《あせ》るな。キミにだって、いつかは歩けなくなるほどの何かが背中に乗るかもしれない。君の魂はその時になったら、今の軽やかさを懐《なつ》かしく思い出すことになるだろうよ」

「それもいやだなぁ」

「おめでたい日々を楽しめばいいのさ」

一つの峠を越えた時に、一望して千里四方はありそうな高原が一行の眼前に広がった。僕僕は雲の上に立ちあがって目を細め、王弁も先ほどまでのくさくさした気分を忘れて、思わず歓声を上げた。

２

僕僕一行が越えて来た峠道の頂には砦《とりで》があり、黄銅革の顔を見るとすぐに門を開けてくれた。彼は砦で馬を借りると、掃討戦の報告をすると言って一足先に高原の中央に見える街へと駆けて行った。

砦は中原風の堅牢《けんろう》なものであり、門扉《もんぴ》は鉄で出来ている。だが門を守っている兵たちは、右が北方の遊牧民族の匈奴《きょうど》人、左が吐蕃《チベット》人と珍しい取り合わせである。

そして王弁は峠を下り、眼下に見えていた広大な街に入って、まず妙な違和感を覚えた。どの家も方形の白い建物で、大きな邸宅といったものは見当たらない。

そして彼らが街に入って応対に出て来た若い男は、西域風の衣服を着ているのに、顔は南方の丸い輪郭をしていた。馬上服と裾《すそ》が分かれて両足をそれぞれ覆っている深緑の筒衣は、南方の人々の着ている色鮮やかな衣とも、山を渡り歩く人々の黒い麻衣とも違っていた。そしてその帯には、小さな銀の扇が挿されている。

「ああ、この服ですか。我らの王がこの方が動きやすいからと与えて下さったものです」

「苗人の顔にはあまり似合わないな」

僕僕が感想を述べるが、

「慣れれば便利なものですよ。我が王の賢明さは素晴らしいものです。これまで抱えていた古きならわしの愚かなことを教えてくれます」

と微笑《ほほえ》んだ。灰雲樹《かいうんじゅ》と名乗るこの小柄な苗人の若者は、ことあるごとに王を称《たた》えた。あまりに熱心に弁を振るうので、帯に挿してあった扇が落ちそうになっていた。

「えらいえらいと誉《ほ》めるのも過ぎるといやみだぞ」

「本当に素晴らしい王ですから」

扇を直しつつ、誇らしげに灰雲樹は胸を張る。

「蛮夷と呼ばれてばらばらに分かれていた四方の諸族をまとめ上げ、誰もがなし得なかった五族協和の国、このラクシアを作ることが出来るのはわが王、ラクスだけです」

「ラクス？」

「王の故郷の言葉で〝輝ける光〟という意味です」

「なんか胡散《うさん》臭いなぁ」

と王弁は思わず呟《つぶや》いた。僕僕は何も言わず、街の中央に見える天幕の先端を見ている。

「あれは北の騎馬民族のものだが、奴はそこの出なのか」

「はい。ラクスは康国《こうこく》（サマルカンド）の名士を父に、突厥《とっけつ》（トルコ系騎馬民族）の巫《み》女《こ》を母に持ち、古《いにしえ》の神の託宣を受けてこの世に生を享《う》けました。幼い頃より周囲の者を従わせる威厳と、弱き者を見過ごせない慈愛を持ち、四方を旅するうちに己の使命に気付かれたのです。我らはラクスの志に共鳴し、ここに新たなる光の国を建てようと力を尽くしています」

「志、ね」

「はい。この天地から消えて久しい、理想の世界です。人々が己の意思の赴《おもむ》くまま、それでいて互いを愛し尊ぶ世をラクスは作ろうとしています。そんなラクスを、我々は愛しています」

素晴らしい、とは王弁も思ったが、聞いていて耳がこそばゆくなるような、浮世離れした印象も受けた。僕僕は、まだ質問を続けている。

「なるほど、物好きな者もいることだ。それだけ愛されている王であれば、豪勢な宮殿を建てても文句を言われないだろうに」

「そんなことに興味を示さないからこそ、我らのラクスなのです」

灰雲樹は王に対して敬称すらつけなかった。王のことをまるで友人のように親しげな口調で語る若者が、王弁には奇妙でならない。

「キミはそのラクスという男と面識があるのか」

「もちろんです。顔を合わせれば話もします」

と答えたので王弁は驚く。

「そんな気軽に王と話せるの？」

「私に限らず、望めば誰でもラクスと言葉を交わせますよ」

「ほう」

僕僕は面白そうに聞いている。

「我らはラクスをこの上なく近くに感じています。親兄弟や恋人より近いのです。水がなければ人は生きられないように、我々も彼なしでは生きられない」

「そこまでの入れ込みよう、何がキミたちをそうさせるのだ」

「ラクスは我々に自由を与えてくれました。我らはこの国でしたいことをしていい。なりたい者になっていい。親が農民だからといって土を耕す必要はなく、杣人《そまびと》（木こり）の家に生まれたからといって木を切る必要もない」

「それだけなら漢人の国でも可能だぞ」

僕僕が言葉を挟んでも、灰雲樹は自信満々な表情を崩さない。

「しかし漢人が苗人になることや、苗人が胡人《こ》になることは？　出来ないでしょう。この国では漢人であることもいわゆる蛮夷であることも一切意味を持ちません。ラクスの国の民だという一点で、みな等しいのです」

語っているうちにどこか恍惚《こうこつ》となってきた若者を、王弁は不気味にすら思った。変ですよね、と僕僕に耳打ちしようと思ったが思いとどまる。僕僕が若者の熱のこもった言葉に共感しているように見えたからである。

「ラクス王に会えるの？」

と王弁が訊《たず》ねると、灰雲樹はぱっと表情を輝かせた。

「その言葉、お待ちしておりました」

と頭を下げる。

「わが王は私にこう命じていました。もし峰麓《ほうろく》より漢人の若者と不思議な少女の一行が訪れたら、心をこめて接待せよ。ただし、彼らが会いたいと言わない限り、わが住まいには通すな、と。もちろん、ありがたき仙人の旅路を耳にして、お会いするのを楽しみにしている様子ではありました」

「ほほう、ボクのことを知っているのか」

「少しでも道を求める者の間であれば、高原の噂《うわさ》は風よりも早く広まります」

「興味深いな」

「ではすぐさまラクスに話を通しますので、一夜お待ちください。明日にはきっとお呼びがかかるでしょうから」

「よろしく頼む」

王弁は驚いた。

（今日の先生、どうしたんだろう……）

誰かと会いたいという気持ちをここまで表に出す僕僕を見るのは珍しかった。王弁も気になったが、それよりも妬ましさが先に立った。吉良が蒼芽香をあっさり背中に乗せたことなどとは、比べものにならない不快さである。

「ねえ先生、この国の王とかいう人、怪しくありませんか」

中原の旅籠《はたご》に似た宿館に通されて灰雲樹が姿を消してすぐ、王弁は食ってかかるように言った。

「何がだ」

僕僕は表情も変えない。苛立っている王弁の顔を見ようともせず、ただ飲み続けている。

「怪しいと思うからには、何か根拠があるのか？」

「それは、ないですけど……。灰雲樹の言っていることは変です」

話にならない、という風に僕僕は首を振って物思いに耽《ふけ》っていた。その横顔は、分厚い氷の向こうにあるように遠く、そして冷たかった。

3

確かに、これまで見たことのない国であることは間違いない。

絹服を着て輿《こし》に乗って闊歩《かっぽ》するような高官などいなかった。黄銅革を見れば軍人はいるようだったが、街にその姿はない。皆が同じ服装をしており、誰かが誰かに拝跪《はいき》する姿も目にしないので、誰が役人かすらわからない。

灰雲樹の誉めたたえる通り、王弁もそこは認めざるを得なかった。この国には貢租《こうそ》というものもなかった。農民の多くが苦しんでいる、国へ納めるべき収穫がないだけで、人々の表情は随分と明るいものに見えた。

それにこの国では商いというものがなかった。必要なものは、ラクスの粗末な王宮から支給されるよう、徹底されているのである。自由に手に入るのであれば、貪《むさぼ》る者も出るのかと思いきや、そこはうまくしたもので配給される物資の量は決められているようであった。

かといって国外との商いは盛んに行われているようで、天竺《てんじく》（インド）や吐蕃《チベット》、西方諸国の隊商が街の一画に設けられた広大な市にひっきりなしに出入りしていた。

「ねえ、王弁さん」

暇つぶしにぶらぶらと歩き回っていた王弁は、ふいに頭上から呼びかけられた。薄妃が困り顔で宙に浮いている。

「どうしました？」

「私の簪《かんざし》、知りませんか？」

薄妃は今様に胡式《こしき》で髪をまとめて二つの輪に結い上げ、鼈甲《べっこう》と銀の簪二本を挿している。だが薄妃の頭に目をやると、銀の簪だけを挿して鼈甲のそれがない。

「落としたんですか？」

「今朝水汲《みずく》みに行った時に落としたのかしらね」

「探しましょう」

「ごめんね。恋人にもらったものだから」

かつて、恋人との悲しい別れを経験した時の彼女を思い出させる表情に奮起した王弁は、薄妃と共に宿館に戻る。井戸の周りの湿った土に膝《ひざ》をつき、目を凝らして探し始めた。すると、どこからともなく一人の若者が現われて薄妃に事情を聞いている。

灰雲樹と同じように、腰の帯に銀の小さな扇を挿していた。

だがその男はすぐに姿を消し、再び王弁と薄妃の二人だけになる。容易に見つからずに困り果てていると、今度は宿館で働く若い男が近づいてきて手伝いを申し出た。

王弁が礼を言うと、

「私がしたいと思ってするだけですから」

とはにかんだように笑う。やがて手伝う人間は徐々に増え、最後には十人余りが井戸周りに這《は》いつくばって簪を探すこととなった。

「ありました」

青年の一人が嬉《うれ》しそうに手を挙げた。半刻《はんとき》ほどかかったが、宿館の入り口から二丈ほど離れた岩の陰に簪がみつかったという。

「ありがとう！」

薄妃は青年の手をとって繰り返し礼を言い、青年は頬を赤らめて微笑んでいる。王弁は拍手で互いを労《ねぎら》う人々の顔を見て、胡散臭いと思ったことを恥じた。そこには、北の突厥人から南の南詔《なんしょう》人まで、十人が十人、違う顔つきをしていた。そんな人々が、薄妃が困っていると見てすぐに手を差し伸べてくれる。

心地よい気分で宿館に帰り、昼寝して目覚めると夕刻になっていた。辺りを見渡すと誰もおらず、外に出て簪を探してくれた青年に訊ねると、

「皆さん市に出かけられましたよ」

と答えが返ってきた。

夜のラクシアを歩くと、昼間とはまた違った表情を見せる。

ヤクの乳から作った酪《らく》や糞《ふん》で出来た燃料が街のあらゆるところに惜し気もなく灯さ

れ、特に市周辺の飲食店街は真夜中まで営業している。そして無料だった。

「せっかくのただ酒だ。遠慮なく飲もう」

僕僕は上機嫌で飲んでいる。酒の種類も多様で、王弁が故郷で飲んでいた米を醸《かも》した酒を始め、甘みの強い高原の青稞《せいか》酒、無類の強さを誇る北の高粱《コーリャン》酒と何でもそろっている。

「ここは〝諸人の国〟ですからね。ないものがありません」

灰雲樹は誇らしげである。

「そういえば、ボクたちをここに連れて来てくれた黄銅革はどうしたんだ」

「ああ、彼ですか」

初めて灰雲樹は表情を曇らせた。

「彼は自ら望んで軍を率いたのに、任を果たすことができませんでした。失敗はラクスの面子《めんつ》を潰《つぶ》すことになります。罪を償わなければなりません」

「相手は漢人とはいえ山賊と化して動きが速かった。追いかけて滅ぼすのは難しい。責めるのはちと酷じゃないか？」

「黄銅革はラクスへの忠誠心、志、共に高い男です。しかし、ラクスに信用されて任を受けた以上、いかに困難であろうと成し遂げなければならない。我らとラクスを結んでいるのは忠ではなくて信ですから、一方がそれを破るようなことがあれば、当然制裁を受けます」

なるほど、と僕僕は頷《うなず》いた。

「それにしても、諸人の王とは言うがよくこれほど雑多な連中を集めたな」

「難しいことではありませんよ」

灰雲樹が答えたところで、胡琴と琵琶《びわ》の調べが流れ始めた。王弁は最初、故郷の西域酒場で耳にしていた音色と同じだと思ったが、よく聞くとそれは中原の旋律にも、そして蚕嬢《さんじょう》の婚礼で奏《かな》でられたものにも似ていた。どこの音曲とは断じづらい、心をくすぐるうねりを伴った調べであった。

それまで穏やかに一行に応対していた灰雲樹がはっと目を見開き、辺りを見回す。

「どうした？」

僕僕が訊ねると、満面の笑みでラクスがこの店にいます、と答えた。

「この調べは我が王のために作られたものだからです」

だが酒場の中はこれまでと変わらず賑《にぎ》わいを見せており、誰も気にする素振りを見せるわけでもない。その代わり、劉欣《りゅうきん》だけが小さく舌打ちをしていた。

「なるほど、この店に入った瞬間から俺たちは囲まれていたというわけか」

と呟《つぶや》く。

「胡蝶《こちょう》の男ともあろうものが、気付くのがやけに遅かったな」

「わかっていて黙っているとは、人の悪い仙人だ。諸人の王とかいう奴《やつ》をよほどお気に入りなのか」

「ボクは面白ければ何でもいいのさ」

「勝手にしろ」

劉欣は殺気立つことこそなかったが、両の手を周囲の者にわからぬよう袖《そで》に隠し、仕込んである武器を確認した。そこで初めて、王弁も周囲の酔客がただ者ではないことに気付いた。民族はバラバラだが、みな引き締まった体つきで鋭い視線を僕僕たちに向けている。

「お待たせいたしました。羊の肋《あばら》をお持ちいたしましたよ」

若い男が、静かな笑みを浮かべて大きな皿を運んできた。大きく切った肋からは香草と脂《あぶら》の焼ける芳《かんば》しい香りが立ち上り、酒場の中に立ちこめる。

「羊は肉の王であり、そして肋骨《ろっこつ》につく肉は王の中の王だ。あなたがたのような最上の客には、この単純でありながら最高の味覚をもってもてなすのがふさわしい」

涼しさを帯びた声で若者は皿を卓の上に置く。灰雲樹は席を立ち、深々と頭を下げ

た。若者は優しく頭に触れ、

「友よ、わが客人をよくもてなしてくれた。私にもこの宴に参加する栄誉を与えてくれ」

と明るい声で頼む。灰雲樹は誇らしげに、

「こちらが我ら諸人の王、ラクスです」

と紹介した。王弁と薄妃が立ちあがって拝跪しようとすると、

「そのような虚礼《きょれい》は無用だよ。ここでは皆が人として等しい。ここでは私の言葉を尊重してくれなければ困るが、膝をついて頭を下げている暇があったら語り合いたいものだよ」

と穏やかな笑みを浮かべて言う。頭を上げた王弁は、その男の顔を見て、街に入った時と同じような違和感を覚えた。

異国の人間を知らないわけではないが、会った記憶はない。だが、十年来の友のような懐《なつか》しさと、代々の仇敵《きゅうてき》のような疎《うと》ましさを感じさせた。切なく、それでいて腹立たしく、胸が騒ぐのだ。

何より、滅多なことでは表情を変えない僕僕が、一瞬息を呑《の》んだのも、常にはないことであった。

碧《あお》に輝く瞳《ひとみ》と高い鼻梁《びりょう》は胡人に見える。大きな瞳は苗人にも見える。そして引きしまった薄いくちびるは東北部の渤海《ぼっかい》辺りの若者によく見られる特徴だった。肌の色は美しい小麦色で、中原の南の辺りでよく見る肌の色だ。

そして肉付きに無駄がなく、すらりとして隙《すき》がないのに、文人のような線の細さを感じさせない不思議な体つきをしていた。

「どこの人間かと不思議に思うだろ？」

王弁の戸惑いを見透かしたようにラクスは言った。

「私と相対する者は、みな私が自分と同じ血を持つ人間だと思うんだ」

「どういうこと？」

「私はあちこちの血を貰《もら》ってこの世に生を享《う》けた。父は康人だが匈奴と突厥の混血だったし、母は突厥の巫女だが吐蕃と契丹《きったん》の血を継いでいるという話だ。しかし自分の顔を水に映して見てみれば、漢人っぽくもある」

ラクスははにかんだような表情を浮かべながら、しかしきっぱりと、

「だから私は何人だと考えることを止《や》めた。私は私だ」

と言った。その言葉に、王弁はどきりとした。似たような言葉を、師と出会った時に聞いたことをはっきりと憶《おぼ》えている。

「そう思うようになってから、目の前にいる奴が何を着ていようが何語をしゃべっていようが、気にならなくなったのさ。何人だろうが何さまだろうが、裸の姿が見えるようになったんだ」

王弁が思わず衣の前を抑えたので、ラクスは目を細めて微笑した。だが不思議と不快ではなく、仲の良い近所の友人にからかわれているような楽しさがあった。

「あなたもこの国に来た以上、これまで何人だったという過去は脱ぎ捨ててあなたのままでいるといい。最初は気恥かしいかもしれないが、慣れるとこれほど楽なことはない。律にも礼にもとらわれない、天然自然の自由ってやつを満喫していって欲しい」

「自由、ですか」

「仙人と共に旅をするきみも、既に経験しているはずだ。ただ心のままに歩き、目の前にある務めを果たす。それこそが人の生きる意味だ。私は王として、国の全《すべ》ての人々にその心地よさを味わってもらいたいのだ」

口調は静かなのにその呼吸は抜群で、王弁は胡散《うさん》臭いと思いつつ、頷いてしまっていた。

灰雲樹はラクスに向かって友人のような口をきき、ラクスも怒る様子はない。だがラクスが何か言いつければ、忠犬のように走って用を果たしに行く。

「しかし」

と僕僕はラクスの杯を受けながら訊《たず》ねる。

「これだけ雑多な民を集めて、法も何もなくては揉《も》め事《ごと》があった時にまとまらないだろう。自由はいいが、そんな建前だけでうまくいくものかな」

「良い質問だ。人が集団で暮らす以上、規範は必要だ。だが二つでいい」

思うがまま振る舞うこと。しかし、人の自由は侵さないこと。それだけでいいのだ、とラクスは静かな、しかしよく通る声で言う。

「それだけで人がまとまるかな？　心身を己の意思で統御できる神仙とはわけが違うのだぞ」

探るような僕僕の目をじっと見つめて、ラクスは首を振った。

「確かに、人の心には弱い部分がある。だから、私がその弱い部分を背負うのだ。この人間は、体験したことのない自由な国の住人になる代わりに、揉め事になった時の判断を私に委《ゆだ》ねてもらう。それに従えない者は、ここにふさわしい心を持てるよう、教え諭す時間を設けている。新たな枠組というのは、人によっては快適でないこともある。受けいれるには、ある程度の時間は必要だよ」

王弁は不審の意をこめて首を傾《かし》げたが、ラクスは柔らかな笑みでそれを受け止めた。

「それで皆が納得しているのでね」

「変わった王だ」

僕僕がラクスの杯に酒を注いでやる。王弁はラクスの言葉には惹《ひ》きこまれたものの、僕僕の楽しげな横顔を見ているのが自分でも意外なほどに辛《つら》くなり、酔ったふりをして宿館に帰った。久方ぶりの柔らかな寝床に体を横たえているにもかかわらず、なかなか寝付けなかった。

4

王弁は嫌な夢を見た。

旅を続けているのに、いつまでも同じ景色の中を歩き続けている。僕僕の姿だけでなく、薄妃も劉欣も、そして吉良までいない。泣きながら歩いているうちに見えない壁にぶつかってその中に取り込まれ、もがいているうちに目が覚めた。

ひんやりとした高原の気が宿館の中に満ちているが、寝床は暖かい。明かり取りの小さな窓からは朝の光が差し込んで宙に浮かぶわずかな塵《ちり》を輝かせていた。

彼が体を起こして宿館の中を見回すと、既に僕僕の姿はなかった。薄妃によると、ラクスに呼ばれて天幕の方に出かけたという。

「王弁さんはゆっくり寝かせてあげるように、と仰《おつしや》ってましたよ。ここ最近、しんどい旅路が続いていたから、少しは休養が必要だって」

「そうなんだ……。でもこんな朝早くから何の用があるの」

「あら、焼きもち？」

とにこにこしながら薄妃に言われて、そんなんじゃないけど、と否定する。

「ラクスは先生に助言をもらいたいみたいね。先生が長年見てきたこの天地の話を聞きながら、この国をどう導くのが最善なのか知りたいみたい」

「よく知ってるじゃないか」

「だって、先生を迎えに来たラクス本人がそう言ってたんだもの。一刻も早く話を聞かせてもらいたい、ってそりゃまあ熱心な様子で」

王弁には考えられない押しの強さであった。

「あの人、少年みたい。子供みたいに素直で、瞳もきらきらさせて」

「どうせ俺は濁ってますよ」

「王弁さんは王弁さんで、そういうところが子供っぽいけどね。でもちょっと種類の違う子供かしら。あ、ラクスから伝言があったんだわ」

くちびるをへの字に曲げて、王弁は薄妃の言うことを待った。

「ここには薬房もあるから好きに見て行ってくれていいと。お腹《なか》がすいたらそのあたりの食堂に入って腹いっぱい食べていいし、通達は回してあるからお金もいらないって」

「薄妃さんはどうするの」

「私はもう少し休んでる。疲れたのか、ちょっと具合が悪いのよ」

「大丈夫なんですか？」

「最近、自分でご飯を食べて体を維持しているけど、中の気が澱《よど》んでいるような気がするのよね。先生に一度診《み》てもらうわ。まあ平気でしょう」

そう言われて見れば、皮一枚の中に満たされた気で風船のようにふくらんでいる薄妃の体に、今朝はどことなくハリがない。寝床にくたりと横になる薄妃を残し、王弁は街に出る。宿館は吐蕃《チベット》の様式らしく、白壁のこぢんまりとしたものだ。柔らかな毛布は絹の褥《しとね》よりも寝心地がよく、かまどから引いた煙突が床下を回っているため、冷え込む朝方でも寒さを感じない。各民族の暮らしから良い部分を選び出して、人々は暮らしているようだった。

「私も行きます」

街をぶらぶらしようかと歩き始めた王弁の隣に、蒼芽香が並んだ。

「暇なんで」

と小さく舌を出す。

「劉欣さんは全然相手してくれなくて、つまらないです」

「暇つぶしについて来てくれるのかよ」

「はい」

と屈託なく笑うので、王弁も苦笑するしかない。国を漢人の兵に滅ぼされた蒼芽香は、仲間たちの遺体を弔ってくれた劉欣になついていた。だが当の劉欣の方は蒼芽香に全く興味を示すことなく、例によってラクスの国の隅々まで調べに出かけて宿館にはいない。

「でも王弁さんの薬丹術には興味があります」

「そうなの？」

「私にその技術があったら、仲間の何人かを助けられたかも知れないから」

「そう……。でも薬なら先生の方がずっと詳しいよ。俺の力ではまだ助けられないこともあるし」

「わかっています。でも僕僕先生の薬丹は、あくまでも仙人の薬です。私はただの人ですし、人が作る薬でなければ真似《まね》出来ないですから」

大したものだな、と王弁は感心した。

「王弁さんは先生のようになりたいんですか」

「……ちょっと違うかな」

僕僕の傍にはいたいが、仙人になれるとはまだ思っていない。さんざん苦労して少し前にようやく手に入れた仙骨のかけらを体の中に取り込んでも、まるで変化がない。時折こっそり力んだりまじないを唱えたりしてはみるが、壁を抜けることも空を飛ぶことも出来なかった。

「何も考えてないんですね。先生の後について行くこと以外は」

「うん」

蒼芽香がくすりと笑った。

ラクシアと人々に呼ばれている街は、中原の街のように城壁に囲まれているわけではない。だが、四方を高い山並みに囲まれていた。特に西には街を守るように、衝立《ついたて》のような高い岩山がそびえている。そして王弁たちが越えて来た峠とその岩峰以外は、すべて雪をいただいた高山である。

山から流れ落ちる清水は高原をうるおし、城壁の代わりに街を取り囲んでいる麦畑を緑に染めている。遠くからではは っきりと見えないが、鮮やかな紅や黄色の果実畑も所々に拓《ひら》かれていて、高原全体を彩《いろど》っていた。

「光の国、か……」

こんな場所があるとは、王弁には想像もつかなかった。これまで出会った犬頭の人々や雷様にも驚かされたが、ラクシアに較《くら》べればまだ身近に感じられた。ここには若くて気さくな王がいて、いつでも民と言葉を交わす。民たちはこれまでの苦役から逃れ、忠誠を誓うことで自由を手に入れる。理想郷とはこのことだった。

「いいですね、ここ」

蒼芽香はうっとりと街並みを眺める。道にはちり一つ落ちていない。路地から路地へと数人の男たちが箒《ほうき》を持って歩き回り、掃き清めている。

ただ、街並みは国王である若者の容貌《ようぼう》に似て、美しくも掴《つか》みどころがなかった。中原の街のように整然と条里に分けられた街区の左右には、吐蕃《チベット》の高原に散見される石積みの堅牢《けんろう》な建物がびっしりと並んでいる。だが所々に苗人の国に多い高床の倉も建ち、みな似たような服を着た人々がしきりに出入りしている。

その街並みからは、懐《なつ》かしい中原の黄砂の匂《にお》いも、西域の鼻をくすぐる香料の刺激的な香りも、南方の醓《たん》が漂わせる旨《うま》そうな芳香も、不思議と漂ってこなかった。

「俺は気に入らない」

「どうして？」

蒼芽香に問われて、王弁も首を捻《ひね》った。

「どうしてなんだろうね」

「先生をラクスに取られそうだから？」

「そ、そんなんじゃないから。薄妃も蒼芽香も何なの。俺そんなに焼きもち焼いてるように見える？」

「見えます」

悪びれた様子もなくはっきりと答えられてしまう。確かに街の中央にある大きな天幕で、あの明るさに満ちた王が僕僕と何を話しているのか、気になって仕方がない。

ふと王弁は、見覚えのある顔を見つけた。

灰雲樹が扇をひらめかせつつ、ゆったりと歩いてくる。同輩らしい数人の若者も、同じように銀の扇を腰に挿していた。

「薬房でしたらこの先、大路に出て右に曲がったところにあります。仙人さまの教えを受けた王弁さんなら、きっと歓迎されますよ」

灰雲樹は丁重な口調で王弁に教えると、若者たちと共に歩み去った。

言われた通りに道を進むと、王弁にとって懐かしい香りが漂ってきた。しばらく嗅《か》いでいなかった、薬草や薬種の独特の香りが入り混じっている一画がある。

「王弁さんはどんな薬が得意だったんですか」

「下痢止めくらいなら何とか出来たけどね。でもそんなに腕のいい薬師じゃなかったよ」

かつて僕僕と別れて暮らした五年の間、王弁は皇帝から与えられた〝通真《つうしん》先生〟の名に恥じないよう懸命に励んだ。だが、彼の作る薬丹に僕僕製ほどの力がないのは当然で、感謝もされたが落胆されることも多かった。

「そりゃ完璧《かんぺき》にはいきませんよね。王弁さんもまだまだ未熟ですもの」

「も？」

「私も仲間たちを救えませんでした。同じです」

「蒼芽香の時とは違うよ。俺のところはそんなに切羽詰まってなかったし」

「同じです」

と頑張るので王弁はそれ以上逆らわなかった。薬房に近づくとさらに薬種の匂いは強くなり、蒼芽香は鼻を摘《つ》まんでいる。

「こんなに臭いんですね」

「服用する分量だけならこれほど臭《にお》わないんだけど。大量の薬種を扱ってるんだろう」

二人はそんなことを話しつつ薬房の門をくぐる。この建物は中原風で、黒く堅牢そうな屋根瓦《やねがわら》の造作などは王弁の故郷に似ていて懐かしく感じられた。

「おや、あなたが薬師の王弁さん？」

出て来たのはがっしりした体軀《たいく》の僧形《そうぎょう》の男だった。剃《そ》り上げた頭に墨に似た太い眉《まゆ》と丸い大きな目が貼《は》りついているさまは、武僧のように厳《いか》つい。だが僧衣を着ているわけではなく、やはり他の男たちと同じように馬上服を身につけている。

「お待ちしておりましたよ。ラクスから話は聞いています。まずは中にどうぞ。私はこの国の薬師をしております、ドルマと申します。よろしく」

頭皮に光る汗を拭《ふ》きながら、男は闊達《かったつ》に笑った。近づくと薬草の強い匂いが体から漂って来た。蒼芽香は立ちくらみでもしたように、こめかみを押さえている。

「慣れない人にはきついでしょう。ここからしばらく西に行ったところに茶店がありますから、娘さんはそこで一息つかれるといい。この国は西の高峰から風が吹いてくることが多い。そこにいれば薬の匂いを風が散らしてくれるから、気分の悪さも和らぐでしょう」

蒼芽香は青い顔で無礼を詫《わ》びると、逃げるように茶店へと向かった。

「王弁さんは平気ですか」

「ええ、まあ」

この匂いには思い出が多い。僕僕に一から学んだ薬の知識は、匂いによって薬種を嗅ぎ分ける所から始まった。

「私はもともと吐蕃の仏僧で、人々の心と体に取りついた病を退ける方法を追い求めて参りました。吐蕃には優れた医術があるのですが、それでも全ての人を癒《いや》し切れるわけではない」

そこに一人の若者が顔を出し、

「ドルマ師、急患です！」

と呼びに来た。

「わかった。すぐ行こう」

王弁を置いて大股《おおまた》で出て行こうとしたが足を止めて振り返った。

「王弁さんもよろしければご一緒に」

「出来ることがあれば……」

ドルマは汗を拭いて衣を手早く換えると、頭に白い布を巻いて手を合わせる。

「仏に祈るのです。ここに来た患者が、どうか愛する者の所へ再び帰りますように、とね」

「ラクスじゃないんですか」

と思わず王弁が言うと、ドルマはぺろりと舌を出した。

「そうそう、ここではあまり神仏に頼るといかんのです。わが王は神仏を認めていないのでね。この国には寺院や道観《どうかん》といったものがないでしょう?」

そう言われてみれば、見かけなかった。

「以前は祭壇を築いてそれぞれの祭祀《さいし》を行う者もいたのですが、そこにラクスが現われては、いらないだろ、と不機嫌な顔で言うのです。すると皆それ以上祀《まつ》れなくなりましてね」

「祀ると罰を受けたりするんですか」

「罰、というほどのことはありませんが、何とはなしに居心地が悪くなるので」

「居心地が悪くなる?」

「ラクスは国の方針に合わないと判断した者を外に出されてしまうのでね……」

とドルマは言いづらそうに言った。

「ともかく、今は患者を診るのが先です」

薬房の裏手にもう一つ大きな扉があり、その先に病人を診療する医院があった。数人の薬師が診療と薬の処方をしている。この光景も、王弁にとってはなじみ深いものであった。

「こちらです」

助手に請《こ》われて、運び込まれてきた患者の枕元《まくらもと》にドルマは膝《ひざ》をつく。王弁は薬種を上回る異臭に気付いて、患者を見つめた。よく日に焼けた中年の党項《タングート》人で、腰の辺りがひどく汚れている。

「お湯を汲《く》んで来てくれませんか。あとは綺麗《きれい》な布を」

ドルマは助手に頼む。腹を下しているだけではなかった。右太ものあたりが膿《う》んでいる。

（筋骨のいずれかが腐っている……。傷のせいか病のせいか、外からではわからないぞ）

王弁はそんな診立てをした。患者はドルマが触れようとすると、激しく苦悶《くもん》の呻《うめ》きを上げた。

ドルマはまず患者の様子を見て、指先と手首に細い糸を巻きつけ、左右の手につまんだ。

「脈を診て体内の気血の流れを判じます」

「その前に体を清めてあげないと、毒が回りますよ」

王弁の言葉に、ドルマはその通りだと頭をかいて手伝った。そして傷口に膏薬《こうやく》を塗って包帯で縛り、清潔な衣を着せてあらためて脈を診る。ドルマは患者から数歩離れて背を向け、瞼《まぶた》を閉じて集中した。

「よし、診てとれました」

糸をほどいたドルマは、平らに磨いた黒い石に蠟石《ろうせき》で人の体を描いた。そして、膿んでいる部分のやや上に小さな丸を打つ。

「太ももの骨の上部、ここが腐っています」

「そこまでわかるのですか」

「我ら吐蕃の医術では脈の乱れによって体の変調を検知します。指を通る小脈と手首を通る大脈のわずかな差異から、どこに病原があるかを判断するのです」

「俺たちも脈は診ますが、こんな術は初めて見ました」

「もちろん、体に現れる熱や汗、皮膚の色などあらゆる徴候を材料としますが、何より脈を重視します。脈の乱れは万病の源。吐蕃の薬師たちは病んだ体を正しき方向に向けるため、薬を処方します」

助手を呼んだドルマは数種類の薬種を調合するように命じる。吐蕃語では何を指すのかわからなかった王弁だが、助手が確認をもらうために持ってきた薬種を見て、納得がいった。

「托裏消毒飲《たくりしょうどくいん》……」

当帰《とうき》、茯苓《ぶくりょう》、人参《にんじん》、桔梗《ききょう》、芍薬《しゃくやく》、皂角刺《そうかくし》などで作る解毒《げどく》薬である。

「王弁さんもこの薬、ご存じなんですか？」

「一応は」

王弁にも一通りの知識はある。

「托裏消毒飲は体の内側に巣くった毒素を吐き出させ、正常な状態に戻します」

「耳の病から性の患《わずら》いまで効きますが、この患者には……」

調合されてきたものの匂いを嗅ぎ、配合が間違いないか確かめたドルマはじっと王弁を見つめた。

「ご意見でも？」

「いえ、何でもありません」

「仰《おっしゃ》って下さい。人の命に関わること、悔いが残ってはなりませんから」

では、と王弁は反論を述べた。

「この薬は体の弱っている人に投じれば負担が大きすぎます」

「患者の脈はまだ力を保っている。今のうちに手を打つべきだ」

王弁は促されて患者の脈をとる。強くも弱くも感じられる、微妙なところだった。脈で全《すべ》てを判断することに慣れていない王弁は迷った。

「人の生死は天にある。我ら医と薬の技を持つ者は手を尽くすべきなのです」

「わかっています。しかし、薬は過ぎれば命を損ねることもあります」

「せずに失うのと、して失うのでは、悔いの大きさが違う」

ドルマの眼には殺気に似た強さがあった。王弁はそれ以上押しきれず、黙りこむ。

「これを飲むのだ」

患者の口元に持って行くが、匂いの強烈さに思わず顔を背けた。

「……む、無理だ」

「この世に縁を繋《つな》いでおきたくば飲め。党項の草原も病から逃げるような者は不要だと言うぞ」

患者の男は発奮したのか、ドルマを睨《にら》みつけると、薬湯へと顔を近づけた。だが痛みのせいで少し動くたびに呻いて俯《うつむ》いてしまう。苦しげに唸《うな》る患者の口に優しく、そして厳しく声をかけつつ、ドルマは薬湯を少しずつ流しこんでいく。何度かむせ返りながらも何とか飲み干した男の顔じゅうから、汗が噴き出した。

「傷口が……」

王弁は包帯を巻いた足から膿とも血ともつかない生臭い液体が流れ出すのを見て慌《あわ》てた。だがドルマは助手に酪茶《らくちゃ》を持ってこさせると、布巾《ふきん》に含ませてゆっくりと吸わせる。その間にも赤黒い膿は流れて地面に垂れる。

「拭きましょうか」

「流れきるまで待って下さい。悪《あ》しき血と膿を彼の気脈が吐き出そうとしていますから」

狼《おおかみ》のような咆哮《ほうこう》と共に、患者は黒く小さな塊を吐き出す。血の塊のように見えたそれは、ぴくぴくと動いてやがて土に消えた。

「脈を乱していた悪しき物は除かれたようですね」

ドルマも額に浮かんだ汗を拭《ぬぐ》い、大きく息をついている。王弁が患者の足の包帯を取り、傷口の周りを拭いてやると、先ほどの黒ずんだ液体は既に止まっていた。

「もう大丈夫でしょう」

患者は安心したように、安らかな寝息を立て始める。ドルマは助手に命じて患者を医院の奥で休ませると、椅子《いす》にどかりと腰を下ろした。

「うまくいってよかった」

とようやく微笑《ほほえ》んだ。

「すみません、差し出がましいことを」

「いえ、あなたの意見があったからこそ、私も覚悟を決めて患者に対することが出来た。決して無駄ではありませんよ」

「それにしても、患者さんが吐き出したのは何なんです？」

「私は吐蕃で医術を修行し、そして漢人の医薬も一通り学んでいます。そして吐蕃から南方の辺境にかけて病人を治療しながら旅を続けているうちに、あることに気付いたのです。漢人と蛮夷《ばんい》と呼ばれる人々では脈がわずかに違う。そこから、あなたがた漢人とはまた違う病の体系があるのではと考え研究を続けていました」

王弁が僕僕から学んだ〝病〟は、二つに大きく分けられる。心気と肉体のどちらを源としているかをまず判断する。気を病めば肉体が衰え、肉体に病変あれば心気も病む。

治療にあたる者は、患者がどちらを病の源としているかを診る。

「そこは我らと同じですね」

ドルマも大きく頷《うなず》いた。

「先ほど私がやったように、まず五体に現れる変化、言葉、呼吸、そして気脈を併せて病を診断するのですが、私は一つのことに気付きました。この国に集まる人々の病は、いえ、かつて中原から追いやられた人々の魂の中には、心気と肉体の他に、もう一つの要素がある」

それが、〝精霊〟と呼ぶべきものだとドルマは言う。

「精霊……。お化けみたいな？」

「少し違う。この天地には人間と無数の鳥、獣、虫がいて、そして草花や樹木で覆《おお》われている。だが、かつては天地を治める神や仏に近い力を持った者たちがいたという伝説があるのです。ご存知ですか？」

王弁はふと、魃《ばつ》や燭陰《しょくいん》たち古き神々のことを思い出した。だが黙って頷いただけで先を促す。

「彼らは何らかの理由で姿を消した。私は神話や伝承、そして病を調べ、彼ら〝古き者〟の残響がまだこの天地に谺《こだま》していることを突き止めたのです。彼らは時に病や災いのもととなって、人々を苦しめる。特に、辺境の民たちによりつきやすい」

ドルマは自分の中にもその〝古き者〟を感じ取れる素質があることに気付いた。

「修練の末、私は気脈の乱れの中に、その〝古き者〟の気配を知ることが出来るようになりました。一方で、私は漢人の医薬を学んでその優れたところも知っている。王弁さん、あなたは薬に精通した仙人の弟子であるというではないですか。私の知る気脈の秘術を教えるから、あなたの知る限りの薬丹の術を教えてもらえませんか」

ドルマは瞳《ひとみ》を輝かせて頼んだ。王弁にしても、僕僕がラクスのところに連日行くようでは暇で仕方がない。ドルマの頼みを快く引き受けることにした。

5

王弁がドルマのもとへ通っている間も、僕僕は宿館にほとんど帰ってこなかった。彼の胸は騒ぐが、なるべく考えないようにするため、ドルマと薬の話を熱心にすることでやり過ごそうとしていた。だが、十日ほど経《た》った夕刻、僕僕が珍しく宿館にいて針仕事をしていた。

「遊び場所は見つけたか」

ちらりと視線を向けただけで、すぐに縫い物に集中する。

「遊んでるわけじゃありませんよ」

「薬師のところ？」

「ええ。熱心ないい方です」

「この国には四方から人間が集まっている。異国の医薬を知っておいても損はない」

縫い上がったのか、目の前で広げて出来栄《できば》えを確かめている。

「キミの分もあるぞ。着るか？」

それはこの国の者が多く身につけている、深緑の馬上服だった。

「別にいいですよ。この道服で充分動けますから」

「無理にとは言わないが」

薄妃は既に蚕嬢の糸で織られた色鮮やかな苗の衣から、ラクシアの民が着ている馬上服に変わっている。

「確かに動きやすくはありますけど、華やかさに欠けますね」

というのが彼女の感想だった。

「どの服装にも長短あるが、まずは試してみないことには善し悪しも言えまい。何を頑《かたく》なになっているのか知らんが、試そうともしない頑固者もいるけどね」

「試すも試さないも〝自由〟でしょ」

王弁が言い返すと、僕僕は鼻で小さく笑った。

「先生はラクスと何を話して来たんです？」

「あれはおかしな奴《やつ》だ」

何かを思い出したのか、僕僕は眼を細めた。

「いきなり何と言ったと思う？」

しばらく考え込んでいた王弁は、

「結婚してくれ？」

と、とぼけるつもりで言ってみた。

「そんなこと言うもんかばかばかしい。ラクスの奴、ボクにもう一人の王になれと言ってきた」

僕僕は苦笑して答えた。

「初めて会った相手に何を言い出すんでしょうね」

薄妃は呆《あき》れ顔だ。

「初めて会ったんだが、そんな気がしないと言うんだ」

「先生、それ女たらしの常套句《じょうとうく》ですよ。真に受けられたんじゃないでしょうね」

薄妃が肩をすくめる。

「まあ……まさかな」

僕僕はかすかな笑みを浮かべて、受け流した。

「キミたちに出会うはるか昔、ボクの傍にはラクスによく似たことを言う者がいた。ボクのかけがえのない兄弟であり、友だった者だ」

針先に視線を戻し、僕僕が静かな声で説明する。

「そいつと似たことを、ラクスは語る」

王弁はまたも胸のざらつきを我慢できなくなってきた。

「天地にこんな国を作ろうとする男がもう一度ボクの目の前に現れるとは、実に意外だった」

「確かに変わってはいますがね」

法もしきたりもなく、ただ自由に暮らして良い、などという国は見たことがなかった。

「出来るわけがないですよ」

吐き捨てるように王弁が言う。

「何故《なぜ》そう思うんだ？」

「それは……」

答えに窮した王弁は、俺みたいなやつがいるからです、と答える。僕僕は腹を抱え

てけろけろ笑い、だがすぐに表情を改めて、

「キミのような人間こそ、ラクスの国民にふさわしいのかもしれないよ」

「嫌ですよ」

「ラクスはキミのことを気に入っていたみたいだよ」

「俺のこと何も知らないでしょ」

「ボクが教えたからね」

「どうせロクなこと言ってないんだから」

「僻《ひが》みがすぎると人相も悪くなるぞ」

「もう十分悪くなってます」

僕僕は裁縫道具を放り出して王弁に摑《つか》みかかり、頭にかじりついてぽかぽかと叩《たた》いている。王弁は頰の両端を引っ張って憎々しい顔をして見せた。師弟のじゃれあいを薄妃と蒼芽香は面白そうに見ていた。

「仲良しですね」

「和むわねぇ……。あら？」

薄妃が首を傾《かし》げる。

「どうしたんですか」

「いえ、ちょっとね。先生の表情が」

蒼芽香が再び二人に目をやると、王弁が参ったをして僕僕が離れたところであった。

「楽しそう」

「いつもはもっと楽しそうなんだけど……。あ、そんなことより」

薄妃は蒼芽香の衣を見て、着替えないの？　と訊《たず》ねた。

「郷に入れば郷に従えという言葉もあるわ。気に入らなければまた元に戻せばいいんだから」

「私は服のことでは王弁さんに賛成なんです。ラクス王が勧める服が嫌だというわけではなくて、みんな着てるから着たら、と言われるのがどうにも」

「あら、案外尖《とが》ったところあるのね」

「へそ曲がりだっていつも両親に叱《しか》られていました。でもそう言う薄妃さんこそ、あっさりあの衣を捨てるとは思いませんでしたよ」

「捨てたわけじゃないわ。先生が仰《おっしゃ》るように、文句を言うのでも、着て暮らしてみないと。それに皆が着ているものを嫌がる私、ってのもまた不愉快なのよ」

「薄妃さんは私より一段上のへそ曲がりです。じゃあ私も一度着てみようかな」

蒼芽香は笑うと、僕僕が縫った単色の馬上服に着替えた。師弟のじゃれあいは終わり、僕僕は縫い物に戻り、王弁はいつの間にか昼寝をしている。薄妃と蒼芽香は顔を見合わせてくすりと笑った。

6

翌日も、僕僕はラクスの天幕へと出かけて行った。王弁は嫌な気分を抑えきれなかったが、前日ほどではなかった。

(先生は変わっていない)

我ながら単純だとは思うが、少しじゃれあうだけでここまで気分が軽くなってしまう自分がおかしかった。僕僕は変わらず彼に辛辣《しんらつ》で、しかし誰よりも親しく接してくれるではないか。それで充分だった。

(王のラクスが仙人である先生の意見を聞きたいと思うのは当然だ。長安の皇帝ですら司馬承禎《しばしょうてい》さんを傍に置いているんだから)

そこが心強かった。蒼芽香が、

「先生、ラクスの誘いを断ったとも言ってないですよ」

と冷静に指摘したために王弁は再び落ち込む破目になったが、それでも自力で持ち直す程度には元気だった。

僕僕のいない宿館にいても暇なので、王弁はドルマの薬房へ行くことにした。薄妃は高原の風が気持ちいいのか、宿館の屋根に細い紐《ひも》を結えて風に漂っているし、蒼芽香は劉欣を探すと言って早々に出かけて行っていない。

朝食は宿館の中にある食堂で食べる。四方から集まってくる使節は色とりどりの衣を着ていて、単色の人々に目が慣れてしまった王弁には新鮮である。だが彼らは王弁の方を見て、一瞬驚いた顔をする。

はじめ何故かはわからなかったが、彼が珍しく漢人の、しかも道服姿であるからだと気付いた。彼らは王弁と目を合わせようとせず、ひそひそと何やら囁《ささや》き合って食堂から姿を消す。

（そういやラクスの国って、漢人いないよな……）

大陸の片隅にある峰麓《ほうろく》からさらに西の大山塊に入った盆地であるから、漢人の姿が少なくても不思議ではなかったが、心細くはあった。

頭をすっぽりと覆う簡単な布帽子をかぶった男女が、粥《かゆ》や麵包《パン》を給仕してくれていた。主菜は肉の干したもの。副菜は名前はわからないが根菜を塩漬けにしたものが出た。茶は普通に煎《せん》じたものと、遊牧民族の好む酪茶が用意されている。

粥を二度お代わりして満足した王弁は、顔を洗って外に出る。薬種の匂《にお》いが漂ってきたあたりで、一人の男が王弁を待ちかまえていた。王が散歩の途中のような気楽さで、王弁を呼び止めたのだ。

「ラクスさん……」

手を上げた若き王は、たまには我が家にも遊びに来てくれよ、と王弁にせがんだ。

「先生が行ってるじゃないですか」

「釣りにいい場所があるって教えたら、雲に乗って飛んで行っちゃったから私一人なんだ。一人で王の天幕にいても暇でね」

と目を伏せた。年齢は判然としないが、澄みきった少年ぽさが確かにあった。その伏せた目と長い睫毛《まつげ》には、確かに惹《ひ》き込まれる何かを感じつつも王弁は苛立《いらだ》った。近くにいると、僕僕の傍にいるような安らぎと、それを上回る不快さが同時に襲ってきて戸惑わされるのだ。

「あなた王さまなんでしょ。先生や俺と遊んでいていいんですか」

「普段はふらふらしてるだけだしな」

ラクスは懐《ふところ》から李《すもも》を取り出してかぶりつく。そしてもう一つ取り出して、王弁に放った。

「うまいよ。きみの故郷辺りから取り寄せたものだ」

「光州から？　何万里もありますよ」

「長安の皇帝は、もっと離れた広州の果実を瑞々《みずみず》しいうちに味わうことが出来るそうだよ」

「どういう意味です？」

「私も帝王の端くれだ、ということさ。それはともかく、招きを受けてくれるかな。僕僕先生がいなくなると話し相手がいなくてさ」

王弁は呆気《あっけ》にとられて頷《うなず》く。ラクスは実に嬉《うれ》しそうな笑みを浮かべる。笑うとますます何人かわからなくなった。会ったことのないはずの人間に、懐《なつ》かしさを覚えさせる。

機嫌良く前を歩いていたラクスはふと足を止めて振り返ると、

「きみの師は素晴らしい人だ」

しみじみと称賛した。王弁はさらに苛立ちを高め、思わず、

「毎日毎日、先生に何の話があるっていうんです」

と訊ねてしまった。だがラクスは驚いたように目を見開いた。碧《あお》の瞳《ひとみ》が陽光を受けて光る。

「彼女は私の問いに、余すことなく答えてくれる。国をどうすればよいかを訊ねても、私の志の正しさを全《すべ》てを認め、背中を押してくれるんだ」

「先生がそんなことを？　信じられない」

ラクスは一向に動じない。

「彼女は実に懇切《こんせつ》なんだ。私の前に新たな世界が広がるような喜びがあった。私が目指す、皇帝やそこに寄生する官僚や法といったものから自由な天地が、この人とならば実現出来るものだと心から思えたよ」

「寝ぼけてるんじゃないですか」

憎まれ口をたたく王弁を、気の毒そうな表情を浮かべつつ見つめていたラクスであったが、目を伏せて言葉を継いだ。

「話しているうちに志に共鳴することもあるだろう？　私と僕僕先生はつまりそういう仲なのだ。この世にある限り傍らにいてもらい、わが宿願を果たす手助けをしてもらいたいと思うのは当然の人情だろう」

「図々《ずうずう》しいですね」

と王弁は思わず皮肉を言う。だが腹を立てた様子もなく、ラクスは額を叩いて笑った。

「あえなく振られてしまったけどね」

「当然です」

「だがまだ断られたのは一回目だし、先生が受け入れてくれるまで私は諦《あきら》めないよ。どういう形であっても手を貸してくれればいい。仙人であれ神であれ、その心を動かすのは人の心だ。心と心の勝負になった時に、人も神仙も関係ない。何人でもその心に鎧《よろい》をかぶせることは出来ないのだ。つまり……」

「俺は俺だ、という」

そうそう、とラクスは表情を輝せた。大天幕の前には護衛の兵士すらいない。数人の若い男女が洗濯物を干したり山羊《やぎ》を追いかけたりして、そこが王宮とはとても思えなかった。

「おい、お茶を一杯出してくれ」

山羊の世話をしている少年にラクスが声をかけると、

「ごめん、この山羊の去勢しようとしたら手こずっちゃってさ。自分で入れてくれる？」

「わかった。山羊も痛いのだから、何人かがかりで一気にやってやるんだよ」

少年は返事をして手を振る。だが仲間を呼んでいる間に、山羊は街の方へと駆けて行ってしまった。

「お茶が入るまでちょっと待ってくれ。いや、きみは朝から酒でも大丈夫な方か。僕僕先生には私としたことが潰《つぶ》されてしまったんだけどね」

照れ臭そうに言いながら、天幕の横にある小さな掘立小屋に顔を突っ込んで、酒甕《さけがめ》を一本引っ張り出してきた。

7

張り合うように酒を鯨飲《げいいん》していた王弁が千鳥足で帰った後、ラクスは椅子《いす》に端然《たんぜん》と腰を下ろしたまま宙に視線をさまよわせた。

「そこにいるんだね」

と声をかける。

「よくわかったな」

何もない天幕の暗がりから浮かび上がるように姿を現したのは僕僕であった。

「出て来て一緒に飲めば良かったのに」

ラクスは新しい杯を出して、僕僕の前に置いた。僕僕は王弁の座っていた椅子に腰をかけると、杯を差し出す。ラクスは丁重な手つきで、酒を注いだ。

二人は黙って酒を酌《く》み交わす。西の高原から吹き下ろしてくる涼風が、天幕を微《かす》かに揺らす。天幕の四方には、祭壇がひっそりと設けてある。その意匠《いしょう》はそれぞれ違う。草原の神を祀《まつ》る突厥《とっけつ》、山の神を祀る吐蕃《チベット》、天地を開いたとされる古《いにしえ》の神盤古《ばんこ》を祀る苗、そして無数にいる天神地祇《てんじんちぎ》を祀る漢の様式であった。

「祀らない祭壇をどうしておいてあるんだ」

僕僕が訊ねると、

「祀っていないとわかるのか」

「それはそうだ。祈りの捧《ささ》げられていない祭壇など、ただの置きものだ」

「仙人の前で偽りは通じないのだな」

感心したように、ラクスは杯を干す。僕僕と張り合うだけあって、王弁を千鳥足にした後も、その顔色は透き通ったままであった。

「こうして人々の神をわが傍らに置いておくと、皆が安心するんだ。でも私は、このような神すら、もういらないと考えている。神も人を制する。人も人を制する。誰かが誰かを制する世の中など、もうたくさんだ。あなたもここ数千年、散々見てきただろ？　縛りつけ、踏みつけて王だの皇帝だのが頂点に立って、民が幸せになったか」

話しているうちに、ラクスの頬にわずかに紅がさし始めていた。

「キミは神になりたいのか」

「逆に訊《き》きたいが、人は神になれるのか？」

僕僕は答えなかった。

「人の中には仙人になれる者がいるという」

「キミに仙骨はないよ」

「知っている。母が私を見て落胆していたものだ。私の母は、神と交わったと言っていた。だから私にはきっと、仙骨があると信じていたらしい。仙骨があれば、この世を変えることが出来るからね」

「そうとも限らないがね。ところでキミの志とやらは、母上のそれを受け継いだものか」

「母は突厥の神に仕えていた巫女《みこ》だ。だが、その体内には吐蕃や契丹の血も流れていた。彼女は己の血と、仕える神に引き裂かれて死んだ」

ラクスの口調は淡々としていた。

「彼女は北の草原で血みどろの戦いを続ける突厥と漢人を見ているうちに、このままでは突厥の人々が全滅してしまうと考えた」

「そう簡単に滅びる連中ではないだろう」

「今はそうかもしれない。だが百年前草原の民のものであった場所が、気付けば漢人のものとなっている。こちらがまんまと略奪してやったつもりでも、その地にはいつしか州名がつけられ、漢人の皇帝が治める地となっているのだ。突厥の天地は、永遠などではない」

「よく見ている」

僕僕は頷く。

「母は神の託宣《たくせん》を受けたとして、漢人の政《まつりごと》を突厥に取り入れることを考えた。地を這《は》うように執念深く迫り来る漢人の力に対抗するためには、騎馬の力と古き慣習だけに頼っていては駄目なのだ」

だが彼女のもくろみは、達成寸前で潰《つい》えた。

「突厥の人間からは神の名を騙《かた》った裏切り者と罵《ののし》られ、漢人たちの法を取り入れて彼女自身が定めた新たな法によって裁かれた。そして彼女は、支解《しかい》の刑を受けて世を去った」

支解は両手、両足を斬《き》り落とすもっとも残酷な刑だ。

「私も連座して、死ぬはずであった。だが、救われた。偶然かどうかは知らないが、私の四肢《しし》が刑台に縛りつけられた刹那《せつな》、空がかき曇って激しい雷が降り注いだ」

「キミの母上が雷神を呼んだのか」

「それはわからない。だが突厥の人々はそう信じたし、私もそうだと確信した。ともかく私は刑を許され、国から放逐《ほうちく》された。石もて追われることこそなかったものの、気味悪がられた私に友はいない。草原の中でたった一人、残されたのだ」

神を騙った罪と漢人の法によって母を失い、天地の威で助かったラクスは、一つの結論に至ったのだという。

「神も人も法も、苦痛しか生まない」

「だが人には、神も法も必要だよ」

「そう思い込んでいるだけだ。私は知った。人はただそこにあるだけで生きる力を持っている。法も帝王も、神すらも不要なのだ。ただ、自由だけがそこにあればいい。そして、共にある人がいてくれればいい」

と最後は呟《つぶや》くように言った。

「何もいらず、ただ愛する者と寄り添うことが出来ればいい、というわけか。王にしては、やや感傷的に過ぎるのではないか」

「感傷のままに人を想《おも》うことが出来る世こそ、心のままに生きることが許された天地だと、私は思っているんだ」

「……」

黙って杯に酒を足そうとした僕僕の手が不意に止まった。ラクスが囁《ささや》くような声で口ずさむ歌に気を取られたからであった。

あなたは行ってしまった　あなたは傷を負った
この痛みを誰に告げればいいのか　流れた涙はどこへ向かうのか
東風に告げても　風はただ鳴くのみ
涙を流しても　ただ寝床が濡《ぬ》れるのみ
あなたは尖《とが》り石を踏んで去り　尖り石は柔らかな肌を裂く
肌を裂く痛みは心を裂く痛みに劣れども
立ち塞《ふさ》がる茨《いばら》に傷ついた瞳から流れる涙は
光を奪いてついには道を見失わせる

「その歌をどこで？」

顔を上げた僕僕が訊《たず》ねる。ラクスは静かな表情で彼女を見つめ返した。

「幼い頃から知っている古い歌だよ」

「母上がキミに教えたのか」

「支解から私を助けた雷神が教えてくれた……とでも言いたいところだが、このように悲しい歌が私の子守唄《こもりうた》だったのさ」

「子守唄、か……」

ラクスは椅子に腰かけ、大きなため息をついた。僕僕は何かを探るようにその瞳を覗《のぞ》き込んでいる。彼もその視線を受け止め、逸《そ》らすことはなかった。

「仙人、僕僕先生よ。この歌の意を汲《く》みとれるあなたにこそ頼みたい」

ラクスはこれまでのはにかんだ表情を捨て、真剣なまなざしを僕僕に向けた。

「聞き入れてもらえるだろうか」

僕僕は先を促すように、ラクスを見上げた。

8

ラクスの天幕を出て街を歩きながら、王弁は王の言葉を反芻《はんすう》していた。

何でもしていい自由があるはずなのに、この国では皆が勤勉に立ち働いていた。しかも楽しそうに、である。そして、この希望に満ちた国を統治する若き王は、居心地の悪さを訴える王弁の話を聞いて逆に驚いていた。

「君こそ真っ先に私の国になじんでくれると思っていたんだがな」

鼓腹撃壌《こふくげきじょう》こそ、国の理想だとラクスは言った。人々は晴れれば耕しに出かけ、腹を打って豊作を喜び、帝王の名も法も律も知らない。川の向こうに誰が住んでいるかを知ろうともせず、争うこともない。

「そういう暮らしを求めているんじゃないの?」

という問いに王弁はとっさに答えられなかった。

「きみは勉学もせず、働きに行かず、ただその日を暮らしていたというではないか。しかも仙人の弟子になってるんだろ? ここはまさにきみの理想に近い国だと思うんだけどね」

「でもここの人は真面目《まじめ》に働いているじゃないですか」

「望んでしていることだからね。強制されてではない」

「嘘《うそ》でしょ」

「そう思うなら、皆に訊いてみるといいさ」

逆にラクスは王弁に、

「ここの民になりなよ。きっときみには合ってる」

と誘いをかけて来た。

「僕僕先生もここを気に入っているよ」

それは大きな誘惑だった。僕僕がこれまでにない興味を、この国とラクスに抱いているのは間違いなかった。ただ、自分の心の中からどうしても拭《ぬぐ》い去れない居心地の悪さと、僕僕の名を口にする時のラクスの、おごり高ぶっているようにも、焦《こ》がれているようにも感じられる表情がどうにも引っかかっていた。

「人間はそろそろ余計なものを捨てる時が来てると思うんだ。法もしきたりも要らない。愚かな王も貴族もいらない。自然の中でただ自由に生きていればいいのさ。きみも先生と共に、私を助けてくれないだろうか」

どうしてもそうしようとは思えない。だが結局、この時の王弁には、その理由がよくわからないままであった。

釈然としない気持ちのまま宿館に帰って来ると、僕僕も間もなく帰ってきた。袖《そで》をまくって懐《ふところ》の短刀を抜くと、いつもながらの見事な手つきで魚を捌《さば》き始めた。

「ラクスに呼ばれていたんだって？　面白い男だろう」

「この盆地に流れる川はなかなかいいぞ。何せ大物がうようよいる。流れは清らかだが餌《えさ》は豊富だ。魚の巣となる瀞《とろ》もあちこちにあってな」

僕僕が捌いている魚の側面には美しい黒と赤の斑《まだら》模様が散っていた。

「蒸してもいいが、ここは塩焼きでいいだろう。弁、火を熾《おこ》せ」

言いつけられて竈《かまど》の中を覗きこんだ王弁は、燃料がないことに気付く。

「ないならもらってこい」

命じられて街に出る。掃き清められた街路を行くと、ラクスのいる大天幕から数本路地を挟んだところに、別して大きな南方風の高床倉庫があった。ラクシアの民が何か必要になると訪れる場所である。

「燃料ですか。ここじゃないんですよ」

倉庫番をしている鼻梁《びりょう》も頬骨も高い北方系の顔をした男は、気の毒そうに言った。

「場所はですね……」

書き物をしてある反故《ほご》紙の裏に簡単な地図を書いて渡してくれる。市街地から西に外れたところに、燃料を配っている部署はあるようだ。倉庫番の男は王弁の顔を見て何か言いかけたが、口をつぐんで仕事に戻った。

「ええ、まあ」

地図の通りに進んでいくと、家屋の色がくすんできたような気がした。どこも同じように作られているラクスの国であるが、町はずれに出ると様相は違う。

「ここかな……」

牛糞《ぎゅうふん》が山と積まれている土づくりの屋敷に足を踏み入れる。何枚も壁が築かれており、なかは見えない。壁には一面糞の塊が貼《は》り付けられ、乾燥するのを待っている。牛糞がこのあたりでは貴重な燃料となっているのは、王弁も知っていた。

「すみません」

奥に進んで燃料を貰《もら》おうと声をかける。誰も出てこなかったので王弁は繰り返し呼ばわった。だがなかなか人は出てこない。くどいほどに呼んでいるうちに、一人の男が出て来た。目つきの悪い、背筋の曲がった男だったが、王弁はふと懐《なつ》かしい気分になった。王弁が見慣れた漢人の衣服を着ていたからだ。

「なんだお前、新入りか」

「え？」

「えらく小ぎれいだな。その衣よこしな」

男はひび割れた手を伸ばして王弁の衣に手をかけようとした。目の奥が痛くなるような異臭がして、王弁は思わず飛び下がる。

「何だ、気取ってんじゃねえ」

「俺は客としてここに招かれてるんだけど」

「うそつけ。ラクスが漢人を客として迎えるもんか。あいつは俺たちを奴隷《どれい》か、せいぜい金の元としてしか見てねえよ。中原に無数にいる俺たちは、ラクスとその民のために奉仕する名誉を与えられるというわけだ」

男の言っている意味がわからず、王弁は困惑する。その表情を見て、男はずるがしこそうな笑みを浮かべて顔を覗きこんできた。

「お前、捕虜か何かじゃねえのか」

「ち、違うよ。あんたこそどうしてここにいるんだよ」

「俺かい？ 俺は荊州《けいしゅう》に生まれ、蛮夷《ばんい》の乱を鎮圧する軍に徴兵されて雲南《うんなん》へ送りこまれたんだ。はるばる雲南まで来て、捕まった挙句、糞を乾かす毎日よ」

唾《つば》を吐き散らし、王弁が出兵を命じた者であるかのように睨《にら》みつける。

「だから俺は蛮人と一緒の部隊なんぞ嫌だったんだ！ あいつら、ここの連中と通じているに違いねえんだ。山にいる奴《やつ》らもみんな反逆者なんだよ。皆殺しにしちまえばいいんだ！」

「この国の人が反逆……。それは違うよ。みんな穏やかに暮らしたいと思ってるだけで……」

「おい、てめえ何人だよ」

王弁が最後まで言い終わる前に、胸倉を摑《つか》む勢いで男は詰め寄ってきた。

「な、何人ってそりゃ漢人だけど」

「だったら何でここの猿どもの肩を持つようなことを言うんだ！」

「さ、猿？」

「中原の人間だって誇りもねえのか。ここにいる奴らは俺たちとは違う。〝蛮〟って字の中に入っている〝虫〟は、〝ヘビ〟って意味だ。つまり、あいつらは人間さまよ り下ってことなんだよ！」

「何を言ってるんだ！」

さすがの王弁もかっとなって言い返した。

「おうおう、たまにいるんだよ。自分が何人かも忘れて、こうもりみたいにふらふらしてる輩《やから》がさ。お前みたいなのを、両面漢《りょうめんかん》と言うんだ」

激しい怒りがこみ上げ、だがその怒りをどうしていいのか王弁にはわからない。だが次の瞬間、男は殴り倒されて地面に伸びていた。王弁は思わず自分の拳《こぶし》を見るが、殴った形跡などない。ふと傍らを見ると、灰雲樹《かいうんじゅ》が険しい顔つきで男を見下ろしていた。

「道がわからないことを心配した先生が、様子を見に行けと仰《おつしや》って」

「そ、そう……」

灰雲樹は倒れている男に、

「さっさと用意しろ。次に無礼を働けばただではおかんぞ」

と冷たい声で命じた。男はぎろりと、しかし一瞬だけ王弁を睨むと逃げるように去って行った。

「先に帰っていて下さい。燃料は私が持って帰りますから」

灰雲樹の背中から立ち上る気配は、王弁が何かを訊ねようとする気を跳ね返すように尖っていた。彼がその屋敷から出た後で、鈍い音が聞こえたような気がしたが、それっきり静まり返って物音もしなかった。

王弁が宿館に帰ると、灰雲樹はすぐに追いついてきた。桶《おけ》に乾燥した牛糞を山盛りに入れている。そのうちのいくつかを竈に入れると、しばらくして火力の強そうな青い炎が巻き上がった。

乾燥した牛糞に悪臭はなく、炎も美しい。宿館はすぐに魚の焼ける香ばしい匂《にお》いに包まれた。だが僕僕は片頬を膨らませて不服そうである。

「ボクはキミに燃料を頼んだのに、どうして灰雲樹が持ってきたんだ」

「それは……」

「ああ、私が追いついたので、代わりにお持ちしたんですよ。王弁さんは悪くありません」

燃料の入った桶を玄関先に置いて戻ってきた灰雲樹の表情は、見慣れた爽《さわ》やかなものに戻っていた。

「燃料の配給所に王弁さんが行くのは初めてだったみたいですからね。ちょっと手伝ってあげたんですよ」

王弁が何か言う前に、灰雲樹が答えた。僕僕は膨らませていた片頬を収めると、小さく頷《うなず》いた。僕僕が竈から取り出した魚は、こんがりと食べ頃に焼けており、話はそこまでとなった。

ただ、この日の食卓はいつもと雰囲気が違っていた。僕僕はどこかぼんやりとして王弁が話しかけてもろくに返事もせず、杯を持ったまま口をつけようともしなかった。

「大丈夫ですか？」

王弁が目の前で手を振ると、僕僕は我に返ったように彼を見た。

「弁……、キミに言っておかなければならないことがある」

僕僕は珍しく一度口ごもり、意を決したように一気に言った。

「ボクはラクスの妻になることにしたよ」

串《くし》が折れて魚は地に落ちたが、王弁は気を失ったように呆然《ぼうぜん》としていた。

# 第四章 影探し

1

僕とラクスの婚礼は、実に簡素なものであった。

光の都、ラクシアの中央にある粗末な大天幕の前には、世を忍ぶ痩《や》せ馬姿を捨てて真形《しんぎょう》を現した吉良《きら》に匹敵する巨馬が繋《つな》がれ、婚礼用の飾りを施された鞍《くら》が置かれている。突厥《とっけつ》の使者からの贈り物だという。

天幕から出てきたラクスと僕僕は、いつも通りの服装だった。ラクスは深緑の馬上服で、僕僕は深い青の道服である。二人は一つ鞍に跨《また》がり、街をゆっくりと一周する。人々は喝采《かっさい》と共に薄雪草の純白の花を投げ、祝福する。

ラクスは照れくさそうな笑みを浮かべて人々に手を振っている。僕僕はその後ろに腰かけ、微笑《ほほえ》んでいるような、それでいて憂鬱《ゆううつ》なような微妙な表情だった。

「どうせならそんなすかした顔してないで、先生も喜べばいいのにさ」

自暴自棄と嫉妬《しっと》が全身を包んで、王弁《おうべん》を燃やしそうになる。見に来るまいと思っていたのに、隠れるようにして婚礼の光景を見ている自分にうんざりしていた。

街の人々は天幕前の広場に来て思うままに飲み食いし、口々に祝いを述べては下がっていく。二人の婚礼の場には、峰麓《ほうろく》の苗《ミャオ》人たちのような祭壇はなく、介添え人もいなかった。

特に準備といえるようなことも、やはりなかった。ただ婚礼の前の日、

「ラクスの志とこの国には、ボクの力が必要だ」

僕僕が語ったのは、それだけだった。

ラクシアを一周して人々と語らうだけの簡素な式が終わった後、僕僕はラクスの天幕に移って夜も帰ってこなくなった。

宿館には他の面々が残ったが、当然王弁の落胆ぶりは普通ではなかった。数日の間、彼は魂が抜けたように座りこみ、薄妃《はくひ》たちの呼びかけに答えようとすらしなかった。

「師匠の慶事だというのに、ひどい落ち込みようですね」

宿館を訪れた灰雲樹《かいうんじゅ》が呆《あき》れている。だがそれに言い返す気にもならず、王弁はへたりこんでいた。飯も食わず、顔も洗わず髯《ひげ》も剃《そ》らないので実に薄汚い。

「師弟の絆《きずな》というのはかくも強いものなのでしょうか」

灰雲樹が苦笑しているが、

「先生は放っておくように、と仰《おっしゃ》っていましたけどね……」

薄妃は小さくため息をついた。王弁にも全《すべ》て聞こえているが、息をするのも面倒くさいとはこのことだった。王弁は帯も締めないまま立ち上がり、ふらふらと宿館を出て行く。

「どこへ？」

と何度も訊《き》いてくる薄妃に視線を向けると、気の毒そうに口をつぐまれる。よろめくように街路に出ると、掃き清められた路面が陽光を照り返して目を射た。

「何だよ……」

口の中で何度も繰り返す。

「いきなり結婚って……、そう軽々しくするもんなのかよ」

もう何百回目かの問いを呟《つぶや》いた。その問いを僕僕自身に向けることは出来なかった。

もっとも、僕僕はラクスの妻になると一同に告げた後で、

「何か意見がある者はいるか」

と訊いてはくれた。王弁は気絶したようになっており、薄妃は呆気《あっけ》にとられ、呼び戻されていた劉欣《りゅうきん》は一つ舌打ちをして出て行った。蒼芽香《そうがこう》だけが無邪気に手を叩《たた》いていたものだ。

「では行くよ」

厳かに告げた僕僕に向かってぶつかってゆくような口調で、薄妃が待って下さいと声をかけた。

「旅はどうするのです」

「これも旅だよ」

「私は真剣にお訊《たず》ねしているのです」

「だから真剣に答えている。ラクスにはボクの夫となるべき資格がある」

「資格とは？」

その問いに対し、僕僕は口を開きかけたが、結局、薄妃を見つめ返すばかりで答え

なかった。

「納得がいきません。それに、ここに腰を落ち着けたら先生の旅が終わってしまうのではありませんか」

「だから言っているじゃないか。これも旅の一部だって。黙って見ていろ」

そう言い残すと立ち上がる。

「先生のお顔は、これから嫁ごうとしている人には見えません」

「嫁ぐ者は大方泣いているものだ」

薄妃の言葉にそう返すと、僕僕は宿館から出て行ったのだ。

王弁はその時の僕僕と薄妃のやり取りを、他人《ひと》ごとのように眺めていた。僕僕が自分よりもずっと付き合いの浅い男の求めに応じたことが、何よりも彼の心を打ちのめしていた。

ふらふらと街路を歩いていると、何人かが王弁を指さして何かを言いかけた。その度に、近くにいる者が手を引っ張って止めている。王弁はそれを横目に見ながら、路地に入った。気付くと、昨日訪れた燃料の配給所へ足を向けていた。骨柄《こつがら》は良くないが、そこには確かに、漢人がいた。

妖《あやかし》でもなく、神仙でもなく、そして蛮夷《ばんい》の民でもない〝ただの漢人〟である。

「何だその情けない面《つら》は」

その時、頭の上から声がして、王弁は顔を上げた。

「劉欣……」

屋根の端にまっすぐに立ち、腕を組んだ殺し屋が彼を見下ろしている。

「仙人や異民族との旅に疲れ、己と同じ匂《にお》いのする人間の顔でも見たくなったか。あれだけ薄汚れた親爺《おやじ》でも言葉を交わしたくなるとは、重症だな」

劉欣の嫌味を聞きながら、王弁はこの男も漢人だったことを思い出した。だが劉欣は、

「勘違いするなよ。俺の父母は先祖代々中原に暮らしていた百姓だが、俺はどぶの中から拾われて生まれもわからん。この見た目が理由で化け物扱いされてきた俺は、自分を漢人だとは思っていないからな」

「でも中原で育ったんでしょ」

「だからといって漢人だと何故《なぜ》言い切れる」

何かを思い出したようにくちびるを歪《ゆが》めた劉欣であったが、すぐに表情を消して言った。

「胡蝶《こちょう》に入るために大唐帝国全土から集まった連中には、当然、漢人も蛮夷もいた。その中から一人前の殺し屋として組織に入ることを許されるのは、頭領が選び抜いた人に似て人ならぬ冷血漢だけだ。胡蝶の一員となった時点で、もはや俺たちは人ですらなくなった」

そんなことはいい、と劉欣は屋根から音もなく飛び降りて王弁の隣に立った。

「この国、臭いぞ」

「そう？」

「ちょっと来い」

そう言うなり別の路地に引っ張り込む。

「あれ見ろ」

劉欣の指さす先に、見知った顔を見つけた。

「黄銅革《おうどうかく》さん？」

数人の男たちと列になってとぼとぼと歩いているのは、深緑の平服を着た黄銅革であった。甲冑《かっちゅう》姿の厳《いか》めしさは影を潜め、くたびれた牧夫といった趣《おもむき》である。

「どこに連れて行かれるの」

「あの男は自ら希望して兵を率いたというのに、三たび失敗してしまった。賊を追い詰め切れず見失ってしまった以上、制裁を受けなければならないんだとよ」

「制裁って？」

「表向きにはちょっとラクシアの外に行って修行してくるということになっているが、追い出される者もそれくらいで済んで王には感謝しているとしか言えない。だがその実は、どうも違うようだ」

王弁がふと視線を感じて顔を向けると、腰に銀の扇を挿している突厥人らしき若者が、険しい目つきで黄銅革を見ていた。黄銅革は俯《うつむ》いたまま立ち去って行く。その後には妻らしき女性や子供たちも付き従っている。

「子供たちはあまり怖がっていないね」

「自分たちがどうなるかは知らされていないからな」

「どういうこと」

「見ていればわかる」

劉欣に引きずられるように黄銅革一行の後をつけていく。ラクシアの賑《にぎ》わいが途切れて、やがて南の境へとやって来た。しかも、街を守る砦《とりで》ではなく、そこからやや離れた所にある小さな見張り小屋のようなところで足を止めた。

その小屋から出てきた人影を見て、王弁は危うく声を上げそうになった。僕僕との婚礼を済ませたばかりのラクスが現われたのである。

「何でラクスが……」

「頭に浮かんだ疑問をいちいち口に出すな」

劉欣の一喝を食らって、王弁は鼻を鳴らして黙り込む。

「お、お許しください。何卒《なにとぞ》ラクスの一兵卒としてこの国に留まることをお許し下さいませ。これまで以上に身を砕く覚悟で働きます」

辛うじて声の聞こえる距離だが、劉欣はそれ以上近づくことを許さなかった。黄銅革は恥も外聞もなく、その足元にすがりついた。妻も慟哭《どうこく》し、異常を感じ取った子供たちも泣きだした。

「このようにまだ幼い子供がいます。せめて子供たちだけでも、ラクシアに置いてやって下さい！」

ラクスの声は、哀願する黄銅革に比べると随分小さい。だが黄銅革はラクスが何かひとこと言うたびに、飛びすさるようにしながら許しを乞《こ》い続けた。

「出て行くのだ」

不意にラクスが凛《りん》と声を張ったので、王弁はびくりとした。

「何度も同じ過《あやま》ちを繰り返し、漢賊の被害をいたずらに広げた。その理由は何か」

「そ、それは……勝敗は兵家の常で」

「そうではない。お前がわが志を理解していないからだ。来《きた》るべき諸人の国へ疑念を持ち、我らが抱く純粋な志に対して濁った心で接しているから失敗する。わが志を共有する者の前に失敗はあり得ない」

「肝に銘じておりま……」

最後まで言い終わらぬうちに、灰雲樹とその配下の男たちが木の陰から浮かび上がるように姿を現す。

「お前のような者をラクシアに置いていては、国が濁る。人が心より天然自然の自由を楽しめるためには、一点の濁りがあってもならん。即刻国を去れ」

ラクスは断罪し、踵《きびす》を返してラクシアへと帰って行く。平伏している黄銅革一家の前で、灰雲樹が扇を引き抜き、ゆっくりとあおぎ始めた。

「さあ、ラクスの命だ。あなた達はここを去らねばならない」

銀の扇が木漏れ日を反射して輝く。ひれ伏したままだった黄銅革が、すっくと立ち上がった。そして後ろの家族に向かって何かを告げた。彼の妻が子供を抱きかかえると、急に駆け出して木立の中へと消える。

「な、何？」

王弁は驚いて腰を浮かしかける。

「家族に逃げろ、と言ったみたいだな」

「何で?」

劉欣が何も答えないので仕方なく見ていると、黄銅革がぱっと肌脱ぎになった。古傷だらけの頑丈そうな肉体だが、取り上げられたのか短刀の類《たぐい》も持っていない。灰雲樹は静かに扇を揺らしているだけで、驚いている様子はなかった。

雄たけびを上げて襲いかかった黄銅革と灰雲樹の体が飛び違った。王弁の目には、扇をもてあそぶ灰雲樹の口元に笑みが浮かんだような気がした。その刹那《せつな》、黄銅革の肉体は血しぶきを噴いて木立の中に倒れ、直後に灰雲樹の配下の者たちが木立の中へと消えて行った。

「もういい。行くぞ」

劉欣は事態がよくわかっていない王弁の耳を引っ張り、その場を離れる。

「どういうこと?」

「あれが光の王が持つ別の顔だ。この国では表向き罪人はいない。だが、黄銅革のように何度かラクスの期待を裏切った者やラクシアの脅威とみなされた者は、こうやって追放される」

「追い出されるだけなら、逃げることないじゃないか」

劉欣は王弁の顔をまじまじと見て嘲笑《ちょうしょう》を浮かべた。

「今頃、黄銅革の子供たちは父親と再会しているだろうよ」

王弁は思わず劉欣の胸倉を摑《つか》んでいた。

「どうして助けないんだよ！」

「だったらお前一人で行け。力もないくせに、力のある人間が動かないからと言って怒るのは筋違いだ。俺はあいつらの中に乱入して黄銅革一家の命を長らえさせることが出来たかもしれないが、そうなれば薄妃たちも、そして貴様も窮地に陥るのだぞ。それでもいいのか」

言葉に詰まった王弁の手を襟から引き剝《は》がし、

「仙人がお前の情けを、何も出来ない憐《あわ》れみだと切って捨てるのはそういうことだ。何かしたいのなら力をつけろ。力がないなら、背負う覚悟くらいはしておけ。俺と対等に話が出来るのはそれからだ」

そう言い捨てる。王弁は言いようのない悔しさを噛《か》みしめながら後に続く。だが劉欣はラクシアの街の入り口で、何も言わずに王弁を抱えると、民家の屋根に飛び乗った。

猫の子のように彼を摑んだまま、どれも同じように作られた何軒もの屋根を飛び越えていく。美しい街並みを過ぎ、燃料の配給所を過ぎると、草木もまばらな巨大な岩山が一つそびえていた。目にはついていたが、これまで意識することもなかった岩山だ。

劉欣は両足と片手で器用に崖《がけ》をよじ登ると、その端に王弁を座らせた。丁度ラクシアを背にして山の反対側を見下ろしている格好となる。ひやりと股間《こかん》の縮み上がる感覚に後ずさりしかける彼を、劉欣の長い腕が止める。

「何だよ、俺が何かしたのかよ!」

「騒がずあれを見ろ」

頭を摑まれてぐいとある方向に向けられる。

何とそこには、もう一つ街があった。単色で、同じような建物ばかりが並んでいるのはラクシアに似ていたが、どことなくくすんで見える。人々が行き来しているのが見てとれるものの、ラクシアの人々のような潑剌《はつらつ》さは感じられない。それに街のあちこちにゴミや汚物が積み上げられ、鴉《からす》が群れとなってその上を飛び回っていた。

「これ、隣町?」

「光の国には影もあるってことだ。それをお前の目で確かめて来い」

「何で俺が！」

劉欣は舌打ちし、喚《わめ》きかける王弁の首を扼《やく》した。息が詰まった王弁は涙目で劉欣を睨《にら》む。

「お前、いまどんな気分だ」

「こんなところに連れて来られて崖の上で首絞められて、しかもあんな汚い街に行って来いと言われて不愉快だよ」

「それだけか。お前の気持ちは、目の前のくだらない出来事で覆《おお》い隠されてしまうほどに浮ついたものだったのか」

低い声で言われ、王弁ははっと目を見開いた。

「先生……」

「いちいち思い出させなければならんようでは、先が思いやられる」

「本当に首が痛かったんだって」

「さっさと行け。崖から突き落とすぞ」

と言いつつ劉欣は王弁を組み伏せると、髪をぐしゃぐしゃにかき乱し、帯を半ばちぎって衣を砂まみれにした。抗議の声も上げられない半べその王弁を見下ろした。

「どうしてこんなやつに仙骨があるんだか。……まあいい、これであの銀の街の連中に混じっても怪しまれないだろう。あの銀の街はどうやらラクスの手勢と戦った後、捕虜になった荊州《けいしゅう》の連中が集められた牢獄《ろうごく》だ。漢人もその中に多くいる」

劉欣は地面に手早く見取り図を描いた。

「このあたりには銀山がある。街には、銀山で働く連中が押し込められているんだ。四方には厳重に守られた門があるが、外に向いているはずの門番が、ここでは内側を向いている。つまり、見張っている敵は街の中にいる連中だということだ」

「じゃあ、あの燃料配給所にいた漢人は……」

「おそらく、捕虜の中でも監視役の覚えのいいのが選ばれて、街の雑用をやらされているのだろう」

「俺はあそこに行って何をすればいいの」

「嘘《うそ》の臭《にお》いを嗅《か》いで来い」

劉欣は腕を組んで呟《つぶや》く。

「嘘の臭い？」

「お前も言ってただろうが。仙人に向かって、胡散《うさん》臭いと」

「あ、ああ、言った」

適当な奴《やつ》だ、とさらに苦々しい表情になりながらも、劉欣はその胡散臭さの正体を探って体で感じて来い、と王弁に命じた。

「ラクスという男、綺麗事《きれいごと》を言いすぎる。人間の中身など、それほど清らかなものではないんだ。自由だ何だと言うが、際限なく好き勝手する人間こそ、見苦しさの極みというべきだろうが。皇帝を見ろ。何でも自由に出来る力を手にしたばかりに、これまでどれほどの人間を殺してきた」

「だ、だからラクスのような人が上に立ってるんじゃないの？　ラクスの命令は聞く、というのがここの唯一《ゆいいつ》の掟《おきて》だし」

「それがおかしいんだ。ここの連中は自由なんじゃない。一見好き勝手やっているように見えるが、その実は奴隷《どれい》だ。さっきの黄銅革の姿を見ただろう。奴隷ってのは鞭《むち》が振り下ろされなくても、鞭の姿が見えなくても、いつも鞭を恐れて愛想笑いを欠かさないもんだ。ラクスは蛮夷の連中を思うがままに操れる奴隷に仕立て上げて、何か企《たくら》んでいる気がする」

「考えすぎじゃないの」

「お前が考えなさすぎるんだ。捕虜の頭にはもう話を付けてある。迎えを寄越すはずだから、崖の下で待ってろ」

「でもそれなら劉欣が探った方が……」

と言いかけたが劉欣の一睨みにあって王弁は肩をすくめる。王弁が山を半ば下って崖を見上げると、劉欣は猛禽《もうきん》のような顔をじっとラクシアに向けて動かさなかった。

2

王弁が山を下りて、迎えの者と合流したのを確認した劉欣は、何食わぬ顔でラクシアに戻る。ただ、ぶらぶらと大路を歩いていた。街に戻ってから、彼は一つの気配を感じ取っていた。

尾行者の気配である。見事な気配の消し方に、劉欣は胡蝶ではないかと鳥肌が立った。組織の指令にそむいた彼を追う胡蝶の気配は、南方に来てから消えていた。だが、彼らが簡単に脱走者を許すような集団でないことも知っている。

(俺を追ってこないのは、何か別の仕事に取り掛かっているのか……)

そう劉欣は考えている。

胡蝶全体として取り掛かるべき任務があれば、脱走者の捜索はひとまず棚上げされる。だが、追手を一度巻いてからかなりの時間が経《た》った。そろそろ捜索が再開されてもおかしくない。

劉欣は相手の力を測った。その尾行の仕方には、かなりの訓練の跡が見られた。劉欣に向けられている注意はほぼ無に近い。試しに路地の中にすいと身を隠す。瞬時に気配を消しても、相手は動揺するそぶりを見せなかった。

街の空気に同化して、尾行者の後ろにつく。少女の姿をしているが、それが変装であることくらい、劉欣はすぐに見破っていた。彼が感心したのは、この尾行者が明らかに背後を取られたことを理解しているにもかかわらず、それでも平静を保ち続けたことである。

少女はくるりと振り返る。その瞬間に、劉欣にも見慣れた若者の姿に戻っていた。

「灰雲樹か。この国にも味な術を身につけている者がいるのだな」

「ラクスがね、漢人にはとんでもないのがいるから、対抗するような術を身につけろと私に言ったんですよ。それでちょっとした鍛錬《たんれん》を」

ちょっとした、で身につく技能ではない。ラクスから罪人の始末を任されていたところから見ても、自分と同じような務めについていることは明らかである。劉欣は警戒を強めつつ、尾行の理由を訊《き》いた。

「中原には胡蝶という恐ろしい集団がいると聞きます。そこから抜けてまだ命を保ち続けている人がどれほどの力をお持ちか、試してみたかったんです」

と屈託なく笑う。

（なぜ知っている）

劉欣は胸騒ぎを感じつつ、考えることをいったん止めて目の前の相手に集中した。

「火遊びは身を滅ぼすぞ」

「あなたには殺気がありませんでしたからね。殺そうとするようなら、一目散に逃げるつもりでした」

「あと何人いる」

「答えたところで、それが本当とは思わないでしょう？」

「出て来た言葉が真実でなくとも、それを発するのが人間である限り真贋《しんがん》はわかる」

灰雲樹はくすりと笑い、

「今度あなたの絶技を教えて下さいよ」

と朗らかに街の気配に溶け込んで行った。劉欣が先ほど行なった気配を消す術と、それはよく似ていた。

彼はこのまま機を逃すつもりはなかった。宿館に帰るなり、薄妃を呼ぶ。

「ここ、どう思う」

「ちょっと妙ですね」

「やはりそう思うよな」

蚕嬢《さんじょう》からもらった尽きない糸巻を繰り、暗い屋内でも光を放つ糸で衣のほつれを直しながら薄妃は答えた。読唇術《どくしんじゅつ》にたけた劉欣の方に顔を向け、くちびるの動きだけで床下に潜む何者かへの注意を促す。

(ここにも間者を潜ませているのか。まあ当然といえば当然だな。光の王の看板がどこまで本当か、ますます怪しいものだ)

そう思いつつも、奇妙だと感じないでもなかった。僕僕がいとも簡単に籠絡《ろうらく》される姿など、見たことがなかったからである。

(ラクスには仙骨がないはずだ。僕僕が仙骨もなく、神仙や怪異でもないただの人間にこれほど興味を示すのは、王弁以来だ。ラクスには王弁と同じく何かあるのか)

得体の知れない力を持っていそうではあったが、仙骨の気配はなかった。相手が仙人かどうか、または仙人になる資格があるかだけは、かろうじて劉欣にもわかる。それは自分が仙骨を持つと知ってから得た、唯一の能力だ。

「それで」

薄妃が声を発しないまま続きを促した。

「何か見つけたの？」

劉欣は薄妃に寄り添うほど近くに立つと、辛うじて聞こえるほど小声で話を継いだ。

「まだ半分ほどだ。だが、綺麗事で面を覆っている男が腹に抱えている何かが見えてはきている。ラクスは銀山の財を元手に四方の蛮夷《ばんい》を結集し、何かよからぬことを企んでいるようだ」

「そのよからぬことで困るのは、長安の偉い人たちだけなんじゃない？」

思わぬ薄妃の揚げ足とりに劉欣は苦笑した。

「知るかそんなこと。口のうまいラクスの手下どもにたぶらかされて、無邪気にここに集まっている連中にとってよからぬと言っている。これが王朝への反抗であれば危ういぞ」

「こんなに遠くても、軍隊とか胡蝶が来ちゃうのよね……」

薄妃はうんざりしたように呟いている。

「胡蝶には俺のように暗殺をこととする人間だけがいるのではない。地方を巡察する者、そして辺境を探る者もいる。辺境を巡る者は荒事はしない。だが争いの種を撒《ま》く」

「どういうこと？」

「蛮族たちを煽《あお》るんだ」

そこで薄妃は首を傾《かし》げた。

「反乱を鎮《しず》めるんじゃなくて、起こさせるの？　そんなの損じゃないの」

「損どころか、王朝は大いに得をする。反乱を起こしたのを叩《たた》きつぶせば、そこに官吏を直接送りこんで直轄《ちょっかつ》地に出来る。官吏のいる地には民が移住し、やがてそこは漢人の土地となる。長い目で見れば損にはならない」

「うまく考えるものねぇ……」

感心したように薄妃はため息をついた。

「これまで俺は、ラクスがそういう類《たぐい》の人間かも知れないと考えていた。胡蝶の中でも、何代にもわたって辺境に潜《ひそ》む連中は、必要な時以外は連絡をとることも禁じられる。だが煽動《せんどう》のために潜《もぐ》る奴らには、一つの掟がある」

大きな蜂起《ほうき》にはさせない、という一点である。

「あまりにも大きな蜂起は、どちらかを滅ぼすことになりかねない。滅びを予期した者たちは死力を尽くして戦う。そうなれば費やした財と命のもとを取るのに時間がかかるからな」

「そんなこと都の人は考えてるの？」

「日がなそういうことを考えている奴らもいる、ということだ。ともかく、ラクスがやろうとしていることは大き過ぎる。胡蝶が動くことも考えられるぞ」

「そうなると私たちも危ないわね……」

僕僕はどういうわけか胡蝶の標的となっていた。劉欣も脱走者として追われる立場にある。二人がいる場所に目をつけられるのは嬉《うれ》しいことではない。

「だがここを出るには問題が一つある」

「先生か……。どうしちゃったんだろうね」

「理由はどうでもいいが、目を覚まさせる必要がある。あの仙人、気ままに暮らしているようでも、人間が大量に死ぬような現場はあまり好まないようだ。だが、このままラクスを放っておけば、あらゆる者が傷つくことになる」

「先生、私たちの言葉を聞いてくれるかしら。どうもラクスって人にぞっこんみたいだけど」

「動かぬ証拠を見せられて理解できぬほど愚かではない筈《はず》だ。それを摑《つか》む仕事を王弁にやらせている」

「あら、頼りにしているじゃないの」

「仙人を動かすには、あいつをどうにかするのが一番手っ取り早い」

「よくわかってるじゃない」

薄妃が感心したようにくちびるを動かすと、劉欣は小さく舌打ちをした。いつしか、床下の気配は消えていた。

3

美しく清められたラクシアの街は、よく見てみれば人の暮らす匂《にお》いに欠けていた。人はいる。堅牢《けんろう》そうな吐蕃《チベット》風の家屋も、見渡す限りに並んでいる。市もあって、色とりどりの果実が山と積まれている。道行く人々は一様に同じ色に織り上げられた生地の衣を身にまとっており、その表情が明るいのは間違いない。

「やはりそうか」

劉欣は数日、街と人を眺め続け、改めて納得した。

「ここには人の悪意がない。いや、ないのではない。表に出すことを許されていないのだ……」

人には欲がある。寿州《じゅしゅう》のどん底で幼い頃を過ごしてきた劉欣は、街というものがどれほど醜いものであるか、骨の髄まで理解していた。

金、地位、痴情などはまだましである。隣の人間が何を喰ったとか、声がうるさいといった程度で、人は容易に憎悪《ぞうお》をむき出しにしていがみあう。それもこれも、己が他人より少しでもいい思いをしたいという欲からくるものに他ならない。

そして憎しみの持って行き場がなくなると、劉欣のようなみなしごたちにそれはぶつけられた。残酷な形でぶつけられた憎しみに、彼はそれ以上に酷《むご》い返礼をした。

(人という生き物はその程度のものだ)

彼は気配を無色に変え、名もなき民として街を歩く。

僕僕の随員として表に出る時は、異相ではあるものの穏やかな笑みを浮かべ、人に警戒心を抱かせない術を使っている。尋問されていると気付かせないままに、知りたいことを喋《しゃべ》らせる術も操ることができる。しかしどうにも、

(堅い……)

のだ。内心、舌打ちしたくなるほどに、この国の人々はある一点について口を開かなかった。ラクスについての本音を聞き出そうとしても、決して言わない。どの口からも、素晴らしい、感謝している、偉大だ、という三つの表現しか出て来なかった。

漢人の世界でも、為政者を批判すれば、罰せられる。だが、世が平穏であれば、大

路で高言でもしていない限り、そうは厳しく取り締まられない。上に立つ者を罵《ののし》ることは、庶民の大きな娯楽の一つである。それは特に、乱れた世にはなはだしかった。

劉欣は茶飲み話のついでに、酒盛りの最中に、民たちが心中で抱いている王の実像を探ろうとした。だがそれも全《すべ》て徒労に終わった。徒労には終わったが、人々があまりにも頑《かたく》なに心を閉ざす様子から、逆にはっきりとわかったことがある。

(思った通り、この街を恐怖が覆《おお》っている)

笑顔に溢《あふ》れきびきびした、それでいてどこか張り詰めた街の空気は、この国の王に対する恐れを示しているに他ならない。

「何が鼓腹撃壌《こふくげきじょう》だ。笑わせやがる」

劉欣は屋根を伝って、大天幕の見える一画で気配を消した。

四方からやってくる使節のうち、北方から来た身なりの良い者を選び、出立を待ちかまえる。ラクスの国と通じることは、長安の王朝と敵対することになりかねない。従って、使者もごく少人数でしかなかった。

使者一行の後を付け、ラクシアから二日の行程まで来たところで、劉欣は彼らに襲いかかった。随員三名を一呼吸の間に絞め落とすと、使者を組み伏せて喉元《のどもと》に錐刀《すいとう》を突きつけた。

「き、貴様、長安の間者か」

「一言目にそれが出るということは、長安に対して後ろ暗いことをしているということだな」

にやりと笑う劉欣から逃れようとする使者の丸い鼻に、一発拳《こぶし》を振り下ろした。使者は悲鳴をあげてもがこうとするが、抑え込まれて動けない。ただ苦悶《くもん》の呻《うめ》きだけを上げている。

「お前の命が欲しいわけじゃない。問いに答えれば放してやる」

呻き声が収まったあたりで、劉欣は脅しにかかった。

「……殺されても何も言わんぞ!」

「お前の命が欲しいわけじゃないが、惜しいわけでもない」

錐刀がぷつりと皮膚を破った。さすがに息を飲み、使者は動きを止めた。

「な、何を知りたい」

「ラクスは何を企《たくら》んでいる」

「ひ、光溢れる自由の天地だ」

「そういうお題目を聞きたいんじゃない。ふざけていると目玉を一つずつくり抜くぞ」

「本当だ！　ラクスはその一念しかない。あの王宮を見ただろう。どれほどの富を集めようと、彼は己のために使うことをしない。その下で働く者たちもそうだ。お前も漢人なんだろ？　そんな漢人の官吏を見たことがあるか」

劉欣は黙って、錐刀を大きく振りかぶった。

「待て待て！　わしは口を開かん。だが懐《ふところ》にはラクスから得た書状が入っている。そ、それを賊に奪われたのであれば、致し方ない」

「賊とはな……随分なことを言ってくれる」

あざ笑って、組み伏せる腕に力を込める。

「賊の人相、風体は？」

「言わぬ！　口が裂けても言わんて」

「誓うか？」

激しく頷《うなず》く使者を見て口角を上げ、蜥蜴《とかげ》のような表情を浮かべた劉欣は、短かく細い針を懐から取り出し、相手の肩口に突き刺した。

「何をするんだ！」

「痛くないだろうが。大げさな声を上げるな」

根元まで刺しこみ、指を離す。

「これは繋誓針《けいせいしん》といってな、お前が誓いを破って俺のことを漏らせば、経絡《けいらく》を通って心の臓に達する。血しぶきと共に、お前の命を散らすだろうよ」

「わ、わかった」

劉欣は使者の懐から書状を抜き出し、中身を検《あらた》めて目を細めた。

「漢人を嫌う連中が、漢語で秘密の相談か」

「違う種族どうしでやり取りするには、これが一番便利だからな」

書状を懐にしまった劉欣は、姿を消すふりをして樹上に身を隠す。使者の男は周囲を確かめると、部下たちの頬を叩き始めた。やがて、気を失っていた随員たちは頭を振って起き上がる。

劉欣の手に、細い筒が姿を現す。彼が手の中で一閃《いっせん》させると、それは五尺ほどに伸びた。ゆっくりと口に当てて、その狙《ねら》いを忙《せわ》しく動き回る使者に向ける。彼の鋭い聴覚は、使者の発する言葉から息遣いまで全てを捉《とら》えていた。

一言でも誓いを破ろうとすれば、繋誓針の働きを待たずとも、その場で殺すつもりであった。だが使者は、随員の問いには言葉を濁しつつ、彼らの尻を叩いて慌《あわ》てて去って行く。

鼻で一つ笑い、劉欣は改めて書状を開く。だが先ほど見た時には確かに書いてあった文字が、全て消えていた。

「これは……」

こめかみに汗の玉が浮かぶ。嫌な予感が、劉欣の総毛を逆立てていた。

4

ラクシア上空を漂っていた薄妃は、くるりと体を翻《ひるがえ》して高原の風に乗る。街は今日も美しく、人々は活気に溢れて働いている。四方から訪れる人々の衣服は鮮やかで、その人数も日ごとに増えているように見えた。そして入ってくる時には鮮やかな色彩を伴なっていた男女も、ここに住むとなると途端に色を失う。深緑の馬上服に男女とも着替えてしまうからだ。

(劉欣の言ってたこと、本当なのかしら……)

恐ろしい企みがラクスにはあるという。確かに、過剰なほどにこの国は清らかだ。そして大げさなほどに、ここの王は愛されてもいる。だが、それは望ましい形であるようにも思われた。

(神さまや仏さまが国を作ったら、こんな感じになるかもね)

何もかもが自由で、富める者も貧しい者もない等しさの中にいて、王であるラクスの命に従っている限り、王にぞんざいな口をきいても許される。それはとてつもなく居心地が良さそうに見える世界だ。

ふいに地上から声をかけられて、薄妃は顔を向けた。灰雲樹が手を振っている。

「そっちに行っては危ないですよ」

「そっち？」

「山の方です」

目を向けると、ラクシアの西に、荒々しい岩山が衝立《ついたて》のように聳《そび》えている。向こう側は見えないが、灰雲樹は岩山を指差して首を振っている。

「どうして？」

「街の外に出たら狩人《かりゅうど》に射られるかも知れません」

薄妃は灰雲樹の前に降り立った。

「狩人がいるんですね」

「ええ。高原の弓手は遥《はる》か万丈《まんじょう》上空の小鳥でも射落とすことが出来ますから。薄妃さんを獲物と間違えてしまうかもしれません。それにあの山の向こうには悪《あ》しき者どもが住んでいます。王の客であるあなたに憎しみがぶつけられるかもしれない」

薄妃は心配そうな表情をことさらに作って、岩山の向こうに何が住んでいるのかを訊《たず》ねた。

「あちらにはまだこの国に馴染《なじ》めぬ者たちが住んでいます」

「馴染めない？」

「戦いの中で捕虜になった者たちには、まずこの国のことを学んでもらいます。ですが彼らは悪しき慣習にとらわれ、なかなかラクスの理想を理解しようとしない。ですから時間をかけて、ラクシアとは少し離れた所で学ばせるのです」

「そうなんですか……。それは中原から来た人？」

「まあ、色々です」

灰雲樹ははっきりとは言わなかった。

「ともかく、彼らは薄妃さんの姿を見てどのような邪《よこしま》な心を起こすかわかりません。ですからあまり近寄らないようにして下さいね」

そう言って街へと姿を消した。だが薄妃は彼が視界から消えた瞬間から、まるでこちらを監視するかのようないくつもの視線が、入れ替わりに自分を捉えたことに気付いていた。地上からずっと見られている。

（よほど見られたくないことが岩山の向こうにあるみたいね。劉欣が言っていた通り

だわ）

　そして彼女が宿館に帰ると、数日ぶりに僕僕の姿があった。

「あら、夫婦喧嘩《げんか》でもされたんですか」

「そんな暇はないよ」

　王弁がこの場にいなくてよかった、と薄妃はほっとする。王弁は劉欣に山の向こうに連れて行かれたまま帰って来ない。僕僕ならその居場所を摑《つか》んでいることだろうが、訊《き》くのは何故《なぜ》か憚《はばか》られた。

「針仕事ですか？」

「うん。ラクスの衣があまりにもぼろぼろだからな。蚕嬢の糸を借りに来た。夫の衣が破れているのは、あまり気持ちのいいものではない」

　その横顔からは表情がうかがえない。薄妃はいまだに僕僕がラクスに惚《ほ》れているのが信じられなかったが、これまで見せたことのない姿には戸惑っていた。

「あの……」

「どうした？」

「ラクス王は何を企んでいるのですか」

「いきなり根本を訊ねるんだね」

苦笑した僕僕は手を止めた。王弁の話を避けようとして、逆に核心を衝《つ》いてしまったことに薄妃は焦《あせ》った。劉欣が秘《ひそ》かにラクスの魂胆を探っていることも、僕僕は気付いているだろう。だから、ラクスにもし恐ろしい一面があるのなら、きっと隠しはしないはずだ。だが僕僕は、

「企みなどない。王としての務めを果たしているだけだ」

そう静かな口調で言った。

「もちろん、弁や劉欣が不審に思うのは理解できる。人は本来、それほど勤勉ではないし、明るい部分ばかりでもないさ。ラクスに何か裏があるのではないかと疑うのもわかるし、キミたちにそう思われていることは彼もよく理解している」

「では劉欣さんが探っていることも……」

「ボクが知らないわけないだろ。それにラクスは調べたければ調べればいいと言っている」

「そうなんですか……」

これは勝負にならない、と薄妃はため息をついた。僕僕はラクスを信用しきっており、ラクスも全てを公《おおやけ》にして恥じるところはない、と僕僕に語っているという。何か

が僕僕の目を眩《くら》ませている。それに本人が気付いていないらしいことが、薄妃には衝撃だった。こんな僕僕は見たことがなかった。

（恋をすると人は周囲が見えなくなるというけれど……）

かつては自分もそうだった。愛《いと》しい人と一緒にいるために、死人の骨すら墓場から掘り返した。今から思い起こせばおぞましいが、その時はごく自然にしていたことだ。ただ、彼女にはやはりどこかで、僕僕はラクスに溺《おぼ》れているわけではないと信じたい気持ちも残っているのだ。

「出来た」

僕僕は繕い終わった衣をたたむと宿館を出て行った。薄妃はくたりと床に腰を下ろした。

しかし、と薄妃は考え直す。

（自由に調べてもいいとラクス自身が言うのなら、どうして隠そうとする人がいるのかしら）

僕僕は劉欣がこの国の姿に疑いを抱き、調べ回っていることを知っている。ラクスもそれを許している。なのに、灰雲樹は薄妃たちの目を逸《そ》らそうとし、国の人々はラクスについて何も語ろうとはしない。

そこに、劉欣が帰ってきた。

「仙人のやつ、全てお見通しというわけか」

「聞いてたの？」

「下にいた。気配を消してはいたが、ばれていただろうな」

と床を指す。劉欣は北方からの使者の後をつけ、街の外で襲った一部始終を話した。そして懐中の書状を取り出して見せる。奪った直後にはラクスからの通信文が記してあったという真っ白な紙を見て、薄妃は憂鬱《ゆううつ》になった。

「この手の術は胡蝶にもある。だが灰雲樹の腕もかなりのものだ。おそらく奴《やつ》ら、この間者の仕業《しわざ》だろう」

「あなたの言う通り、ここは何か変なのかも知れないわね」

「一刻も早く立ち去るべきだろうな」

劉欣は暗い声で言った。

「先生を説得できるかしら」

「何でもお見通しの仙人がここまで誑《たぶら》かされるのはおかしいが、これまでなかったわけではない。王弁のようなくだらない男に執着したり、かつては妖異《ようい》の者の歌声にも魅入られていただろう？」

「先生は自分が気に入ったものには入れ込むわ」

「それでいて頑固なところもある。傍から悪しざまに言っても聞くまい」

「だから王弁さんを使うんでしょ」

「と、考えていたが、あの阿呆《あほう》をあてにする方が間違いかも知れん」

「じゃあ黙って見てる？」

「ラクスを殺す」

薄妃は眉《まゆ》をひそめた。

「どうしてそうなるのよ。ラクスの国は奇妙なところもあるけれど、民には慕われている良き王さまよ。殺したら多くの人が悲しむわ」

「肉親でもない人間の一人が死んだところで、その程度の悲しみはすぐに埋まる。ラクス自身は聖王でございと澄ましているが、その手先は血で汚れているぞ」

薄妃は劉欣から黄銅革の最期《さいご》を聞いてまた眉をひそめた。

「ひどい……」

「俺もその程度のことは何度もやった。ラクスと奴に付き従っている者たちは漢人に汚れ仕事をさせ、あるいは蛮夷《ばんい》同士であっても失敗があれば殺す」

「厳しいのね」

「ラクスのやっていることは、長安の王朝にとって危険だ。王朝は相手が己に頭を下げている分には、何をしようがまず文句は言わんが、傲岸《ごうがん》な態度をとると触手を伸ばすぞ」

「胡蝶がやってくるってこと？」

「それだけならラクスとその取り巻きが死ぬ程度で済む。だが正規軍が来てみろ。このあたりは無人の野原に逆戻りだ」

薄妃は、僕僕の説得はまず自分がする、と宣言した。

「私が言っても聞いてくれないかも知れないけど……。王弁さんの方は？」

「お前が僕僕を説得できるとは思わないが、やらんよりはましだろう。王弁のやつはもう少し時間がかかるし、あいつに火がついたとしてもうまくいくとは限らん。ともかく、もし策が尽きたら俺はためらいなくラクスを殺すからな」

むっと頬を膨らませていた薄妃だったが、やがてにやりと笑う。

「ほんと、王弁さんが好きなのね」

劉欣は抜く手も見せず吹き矢で薄妃の体を割ると、憤然と出て行った。ペラペラにしぼんでしまった指先で破れ目を繕った薄妃は、自ら気を取り込んで人の形へと戻る。

「図星を衝かれると吹き矢を放つ癖は止《や》めて欲しいわね……」

何とか立ち上がると、そこに蒼芽香が入ってきた。先日、この国の衣に換えたはずだったのが、もとの色彩豊かな苗の衣に戻っている。

「薄妃さんが老《ふ》けています」

「ま、この娘《こ》ったら失礼ね。すぐに元に戻るんだから」

手近にあった干し葡萄《ぶどう》と棗《なつめ》を食べるうちに、薄妃は張りのある肌を取り戻した。

「すごい仕組みですね」

「自分でも驚くわよ。もう慣れたけど。そうそう、劉欣が今出て行ったわ。すれ違わなかった？」

「はい。お会いしました」

薄妃はおや、と思った。これまでの蒼芽香なら、劉欣を追いかけまわしてすぐに出て行ったはずだ。だが少女は特にあわてる様子もなく、湯を沸かしてお茶を淹《い》れはじめた。

「あら、もう劉欣には飽きちゃったの？」

「飽きるほど親しくはありません。それにしても、ここのお茶はおいしくありませんね」

澄ました顔で茶をすする。

「皆さんが着ている服も退屈です。地味なのはいいですけど、それしかないってのはいただけません。瀟洒《しょうしゃ》を常に心がける私たち苗人なら、受け入れられないはずなのに」

「ラクス王が決めているからなんでしょう」

「つまらないです。街で仲良くなった子たちは、こっそりと言ってましたよ。もっとかわいい服が着たいな、って」

薄妃は慌《あわ》てて、口を押さえる身振りをして見せる。蒼芽香はそれを見てしばらく考え込み、ぽんと手を打った。

「ここはいい国ですけど、もう少し彩《いろど》りがあってもいいですよね。ねえ薄妃さん、一緒に衣を織りませんか。もうちょっと綺麗《きれい》に装《よそお》っても怒られないと思うんですけど」

「それは面白そうね。蚕嬢からもらった糸はあるし、染料に使えそうなものも商ってたのを市で見たわ」

「工房の人たちとはもう仲良くなってきましたから、早速やってみましょう」

薄妃が言うなり蒼芽香は街に出て、一刻《とき》もしないうちに数人の若い男女を連れて来た。男たちは木の部品を抱え、女たちは染料を入れた桶《おけ》を提げていた。彼らは不安げに顔を見合わせている。

「もし叱《しか》られそうになったら、よそからのお客がわがまま言ってたから仕方なく、と言っておけばいいですよ」

蒼芽香の落ち着きはらった態度に安心した若者たちは、織り機を組み立てると頭を下げて出ていった。

「染料はひとそろい入っているわね」

黒の橄欖《かんらん》、黄色の波羅蜜《はらみつ》、赤の百日紅《さるすべり》、緑の合歓木《ねむのき》、そして藍《あい》と五つの桶がある。

「そうですよ。薄妃さんは絵を描けるんですよね」

「たしなみ程度だけど……。でも、二人じゃ数日かかってようやく一着よ。蚕嬢の糸巻があるから糸は無尽蔵にあるけれど」

薄妃の言葉に、蒼芽香は意味ありげな笑みを浮かべて袖《そで》をまさぐる。

「私の国にも、ちょっとしたお宝があるんですよ」

そう言いながら袖から小さな木片を取り出した。よく見るとそれは蒼芽香の手のひらほどの大きさで、細長い魚の形をしている。

「それ、もしかして梭子魚《かます》?」

蒼芽香は嬉《うれ》しそうに頷《うなず》く。梭子魚とは織物をする際に横糸を通す杼《ひ》のことである。形が魚のカマスに似ていることからそう呼ばれている。

「ただの梭子魚じゃないんですよ。糸を掛けてもらっていいですか？」

言われるまま、織機に糸を掛けて準備する。その間、蒼芽香は梭子魚にくちびるを寄せ、何やら呟《つぶや》いていた。

「こっちはいいわよ」

薄妃が言うと、蒼芽香は織機の前に椅子《いす》を置いて座る。これ以降は足で踏み板を踏めば縦糸が上下し、その間を手で杼を左右に移動させることによって布が織り上がっていくのが通常だ。だが梭子魚に糸を通した蒼芽香は、魚を放すように上下二組の縦糸の間にそっと置いた。

「行きますよ……」

梭子魚の方を見て呼吸を計っていた蒼芽香が踏み板を踏むと、梭子魚がひとりでに縦糸の間を端から端までするすると泳いで行った。もう一度踏むと、逆へと進む。踏む速さは徐々に上がり、梭子魚の動きは薄妃の目では追い切れないほどに速くなった。

それは一刻も続き、やがて薄妃は目眩《めまい》を覚えて宿館の外に出て深呼吸した。

しばらくして出て来た蒼芽香は一反の布を薄妃に手渡し、

「薄妃さんが好きな絵柄を、ここに思いっきり描いて下さい」

とにこりと笑った。

## 5

浚《さら》えていない便所のような異臭のする街に放り込まれ、王弁はほとほと参っていた。光の都からそうは離れていないのに、何もかもが正反対な場所である。

人々の表情は暗く疲れ切っており、建物は一様に粗末で、人々が着ている衣服の作りも粗い。街には男の姿しかなく、行きかう男たちは何かと口論を繰り返して喧嘩《けんか》も絶えない。王弁が連れて来られたのは、十数人の男たちが雑魚寝《ざこね》している大きな雑居房であった。

木の板を組み合わせて作っただけの建物の中には不快な湿気と臭気が満ち、得体の知れない虫が床を這《は》い回っている。

「贅沢《ぜいたく》言うな」

劉欣が話をつけたという長身の男は、王弁が不満を漏らすと大きな黒い目を光らせて叱りつけた。

「ここでは生きているだけで幸運なんだ」

陳慶《ちんけい》という房の主《あるじ》は重い口調で続ける。

「よそから勝手に来た奴が見つかると皆に迷惑がかかる。大人しくしておれよ」

無駄な肉など一切ない、武神のような体つきをした男である。ただ、胸まである髯《ひげ》は鉱山暮らしに疲れたのか乾いていた。

「ここにいる人たち、みんな捕虜なんでしょ？」

「そうだ。四方より集められてきた捕囚《ほしゅう》たちと、半年前、この地の反乱を鎮圧するために荊州の義陽《ぎよう》郡から送りこまれた部隊が中心となっている」

男は吸い込まれそうな瞳《ひとみ》でじっと王弁を見つめている。その視線の強さに閉口したが、ラクスの正体を探るためだと我慢する。

「みなさん自分で希望してこの国に来た……」

「者はここにはおらんな」

陳慶は遮って言った。

「皆さん、漢人なんですよね」

と訊《たず》ねると陳慶はわずかに目を細めた。王弁は思わず目を伏せてしまう。

「私は漢人ではない。漢人もここに送り込まれて来ているが、私自身は義陽蛮と呼ばれる集団に属している」

「そ、そうなんですか」

指導者が漢人でないと知って、王弁は動揺した自分に驚いた。

「もともと漢人の捕虜がここに収容されていたが、半年ほど前に来た我々は、義陽、武陵源《ぶりょうげん》、五渓山《ごけいざん》の蛮夷が主力の部隊だからな」

陳慶はこれまでの経緯を述べた。

「聞いた話では、一緒に捕えられた漢人兵の多くが殺されたということだが、この国の多数を占めるのが我らと同じ蛮夷だったことと、私の腹心に銀山の技師がいたので助かった。ラクスに忠誠を誓うまで、我らはここで働かされることになっている」

そう言う陳慶の表情には、決して降伏しないという強い信念が感じられた。

「ああ、ラクシアで燃料係をしていた人も仲間なんですね」

「中には腹を見せて服従する者もいる。そういう輩《やから》は光の都でラクス王の靴を舐《な》める栄誉を与えられるというわけだ」

陳慶はくちびるの端をわずかに上げて笑った。そして山を指さし、

「見よ。ラクスの光は、すべてこの山に拠《よ》っているんだ」

と忌々《いまいま》しげに言った。山は暗い街の四方を取り囲み、特にラクシアとの間を隔てる衝立《ついたて》のような岩山には無数の穴が開いていた。

「あの街の連中が、我らは自由だなどと澄ました顔をしていられるのも、私たちが血

と汗を流しながら銀のかけらを山から掘り出しているからだ」

その声は暗く、そして感情を押し殺しているように静かだった。

「ここの仕事は厳しい。もう仲間が何人も落盤や原因不明の病で死んでいる。私たちが来る前に暴動を起こそうと謀《はか》った者は、その都度発覚して殺された。私も一度、嫌疑をかけられ、この通り中指を切り取られてしまったものだ」

右手を王弁の前に突き出す。確かに、中指が半ばからなくなっていた。

「光の王は刑罰についてはとても厳しい。脱走を試みた連中もいるにはいるが、その後、奴《やつ》らの消息は知れない」

「ラクスは考えの合わない者は修行してふさわしい者になってもらう、って言ってましたけど……」

陳慶はそれを聞くと、初めて感情をあらわにしてあざ笑った。

「その修行とやらの内容は何か、まではお前に言っておらんだろう。無事にやり遂げることが出来た者が、果たして何人いたことであろうな」

王弁に粗末な丸椅子を勧めて座らせた陳慶は自分も腰を下ろし、

「劉欣はお前の言う通りにしていれば、ここにいる連中をうまくまとめ上げて解放する算段をしてくれると言っていた。本当か？」

王弁は、

（いつの間にそんな話になってるんだよ……）

と戸惑うばかりである。だがあまりの陳慶の眼光に、頷くしかない。もしそれが嘘《うそ》だなどと言おうものなら、房の連中をけしかけて殺されるかも知れない。

「何とかします」

陳慶は表情を和らげると、王弁に背を向けて寝床に入った。王弁も僕僕の杏《あんず》の香りを懐《なつ》かしく思い出しながら、硬い寝床に体を横たえた。

王弁が寝息を立て始めてしばらくして、陳慶は物音も立てず体を起こして建物の外に出た。いつしかその後ろには、陳慶を一回り小さくしたような、やはり頑健な体つきの男が従っている。

「石応《せきおう》、どう見る」

「やけに頼りないね」

「そうだな。あの劉欣という男、何を考えて彼を寄越したのか……」

陳慶は髯を撫《ぶ》してしばらく考え込んでいた。

「折角この山で兄貴に再会できたというのに、これでは皆で山の土になっちまうよ」

空を仰いで石応が嘆く。

「そう焦《あせ》ってはならん」

「兄貴はそう言うけど飯は悪いし、原因のよくわからない病で最近何人も倒れていってる。焦るなって言われても無理だよ」

陳慶たちは、ラクスに捕えられた後、ラクシアの裏に隠されたこの銀の街に連行された。主力部隊に先んじて斥候《せっこう》に出て、ラクシア軍に捕われた石応と丘沈《きゅうちん》は一足先にここに連れて来られ、銀の採掘に従事させられている。銀山技師出身の丘沈は、はじめ働くことを拒んでいたが、手を貸さなければ陳慶たちを皆殺しにすると脅されていたのだ。

「陳慶さまと会えたんならそんな約束はもういらねえ。さっさとやっつけて帰ろうぜ」

と丘沈は息巻いていた。だが陳慶はラクスの得体の知れない気配に、暴発は危険だと判断していた。そうして銀山で働かされながら機会を待っているうちに、劉欣が接触して来たのである。

劉欣が目の前に現れた時、

（毒虫のような男だな）

と警戒したが、その言葉は重く、信じるに足るように思われた。劉欣は、これから来る王弁という男は陳慶たちを助ける力を持った唯一《ゆいいつ》の男だ、と紹介して去った。陳慶たちはどのような英雄豪傑が来るかと期待して待っていたのだが、王弁のたたずまいを見て落胆すること甚だしかった。

「だから漢人をあてにするのは嫌なんだ。病人がこれ以上増える前にやっちまおうぜ」

「一か八かの挙に出るのは最後の最後だ。王弁という男、ああは見えても何か特別な力を持っているのかも知れん。私とお前、そして丘沈の三人で王弁を守りつつ、その手並みを拝見するとしよう」

石応は何か言いたげに口を開きかけたが、やがて闇《やみ》に消えていった。

翌朝になって陳慶に起こされた王弁は、銀鉱山の奥へと連れて行かれた。山に入って力仕事をするのは嫌だな、と思っていると、太い丸太を組んで建てられた小屋へと連れて行かれる。

「ラクシアから派遣された監督官が数人、ここに詰めている」

と陳慶は囁《ささや》いた。そして扉を叩《たた》き、中に入る許可を求める。

「今日からお前は私の弟子だ。名前を王弁としておくとばれる恐れがある。そうだな……字形が似ているし玉升《ぎょくしょう》とでもしておくか。よいか、もし秘密が漏れればお前だけでなく、皆の首が飛ぶ。私の言うことをきっちり聞いてくれよ」

そう命じた。

建物の中には、苗人らしき顔つきの若者が数人の助手を使って忙しく立ち働いており、次々に運ばれてくる銀の塊の目方を計っては帳面に記録していた。

「白岩溝《はくがんこう》さま。今日より銀の製錬を手伝わせる助手を連れてまいりました。玉升という男です。どうぞお見知りおきを」

白岩溝はちらりと顔を上げ、

「わかっているとは思うが、銀はたとえ一分といえども私《わたくし》することは許されぬ。もし不正をした時には、生きたまま炉の中に放り込むからそのつもりでおれ」

炉を指さして脅かす。陳慶に促されて王弁は頭を下げる。

「ぼんやりしていそうだが大丈夫なのか。……それより、あまり見ない顔だな」

「はい。見た目は鈍そうですが素直なのが取り柄です。それ故《ゆえ》に監督官の皆さまの目にも止まらなかったと存じます」

と陳慶はごまかす。ぼんやり、鈍そうと散々な言われように王弁本人は面白くなかったが、鋭い視線を向けられ続ける部屋からは一刻も早く出たかった。身を縮めて頭を下げている王弁を危険とみなさなかったのか、監督官はすぐに二人を仕事に戻した。陳慶は鉱山で働く捕虜たちの束ね役として、丘沈は銀鉱脈の探索と坑道の設計、製錬の腕を評価されて高い地位を与えられているらしい。陳慶と一緒にいる限り、王弁が詰問《きつもん》されたりすることはなかった。

「一人一人の顔と名前を検《あらた》めることはほとんどないから心配はいらん。とりあえず仕事の内容くらいは見ていけ」

陳慶について、監督所のさらに奥へと進む。そこには岩をくりぬいた広場があり、その中央には大きな炉が二つ据え付けてあった。炉の正面には人が通れそうなほどの扉がついており、炉の一つには轟々《ごうごう》と火が焚《た》かれている。

「仙丹でも作れそう……」

と王弁は思わず呟《つぶや》く。

「お前は若いのに、そんな趣味があるのか」

陳慶は驚いて訊ねた。

「俺は薬師なので」

「なるほどな。では炉の中を見せても何もわからん、ということはあるまい」

炉の横には櫓《やぐら》が組んであり、銀の鉱石が次々に炉の中に投じられていく。櫓の上に登った身軽そうな男が、袋に入った銀色の粘土を炉の中に混ぜ込んでいる。彼が腹心の一人の丘沈だと、陳慶が教えてくれた。

「汞土《こうど》を混ぜているのだ。こうすれば鉱石に含まれている銀が汞と結びつき、残ったものを熱すれば汞が離れ、銀を得ることが出来る」

汞とは水銀のことである。

丘沈が櫓から降り、火の消えた炉の扉にかけられた閂《かんぬき》を外した。外で待ち構えていた男たちが炉の中に入り、壁に貼《は》りついた骨灰を掻《か》き落として扉の外に出す。そして最後に残った金属の塊を、大切そうに籠《かご》に入れて持ち去った。

「うまくいった」

丘沈が汗を拭《ふ》いて息をつく。

「このところ調子が悪そうだが、少し休んだ方がいいのではないか」

王弁が丘沈の顔を見ると、浮腫《むく》みが出て冷や汗もかいている。だが、丘沈は自分が休むと皆が苦しむことになるから、と手を振って拒んだ。

製錬された銀は、牛に引かれて山肌にうがたれた巨大な倉庫にしまわれていく。すると間もなく手なれた様子で馬を連ねた北方系の男たちが、その背に銀の詰められた袋を積んでラクシアの方へと向かって行った。

「これだけ大量の銀をどうするんです？ ラクスの住んでいるところは質素な天幕だったし、街の人はみんな似たような粗末な衣だったけど」

「ああ、これか。あらかた見当はついているが、知ってどうする」

「知らないと俺は動けません」

「なるほど、良い答えだ。だがこれを知ったら、もう後戻りは出来ないぞ。聞く覚悟はあるか？」

陳慶は炉の近くまで歩み寄り、王弁を手招きする。唾《つば》を飲み込み、王弁は近づいた。監視役の若者は、炉が怖いのか近くまでは寄って来ない。陳慶は炉の扱い方を教えるような素振りをしながら、辛うじて聞こえるように囁いた。

「忠誠を誓った四方の諸族に貿易を通じて与えている」

「何のために？」

「中原を放逐《ほうちく》されて険しい山野に住む者たちも、大量の銀を持てば武装することが可能だ。北西の騎馬軍と、南西の山岳兵が同時に決起すれば長安も危うくなる」

「本当ですか……」

王弁はしばらく呆然《ぼうぜん》として動けなかった。

「どうしてそんなことを。危なすぎませんか」

「ラクスが長安まで攻めのぼりたいのか、それとも逆に辺境に散らばり住む蛮夷たちを滅ぼしたいのかはわからない。もしくはその両方か……」

そこまで言った陳慶は急に声を張り上げ、

「てことだ、わかったか若造！」

と王弁を怒鳴りつけた。目を白黒させた王弁は、監視役がすぐ近くまで来ていることに焦る。だが監視役は厳《いか》めしい顔で炉の周りをぐるりと巡ると、監督所の方に帰って行った。

「ラクスという男、どうにも心底が読めない。一日でも早くここを脱け出したいものだ」

一転、息を吐《つ》いた陳慶は、

「策はあるのか」

と王弁に訊《たず》ねた。王弁は、何故《なぜ》劉欣がここに自分を放りこんだのか、ずっと考え続けていた。陳慶たちを助けるだけであれば、劉欣の方がはるかにうまくやれる。銀を大量に作って四方の諸族に手を伸ばしていることも、より容易に証拠を摑《つか》めるだろう。

しかし、今は僕僕を連れてここを出ることだけを考えたかった。

「……皆さん、ここを出ることが出来るかも知れません」

しばらく考え込んでいた王弁が呟いた。

「本当か?」

慎重な口ぶりで、陳慶は訊ねる。

「ラクスと一緒にいる……いや、ラクスを動かせる人を俺は知っています」

僕僕は今、もっともラクスに近い場所にいる。彼女さえ納得させることが出来れば、ラクスも動くはずだ。だが、二人の間柄を口にしようとして、激しく胸が痛んだ。

「俺は、ラクスの妻である人を、よく知ってる」

王弁の声はかすれかけて聞き取りづらかったが、陳慶は驚きに眉《まゆ》を上げた。彼がさらに何かを王弁に訊ねようとした時、石応が駆け寄ってきた。

「どうした」

「丘沈が倒れた。具合の悪くなってる連中の数が半端《はんぱ》じゃねえ」

「こんな時に!」

陳慶は天を仰いだ。

# 第五章　銀の病

## 1

薄妃が天幕の前に行っても、止める者は誰もいなかった。

「嬉《うれ》しいじゃないか。薄妃の方から来てくれるなんて。君とは一度ゆっくり話をしてみたいと思っていたんだ」

ラクスは目を細めて彼女を歓迎した。

(これか……)

薄妃は不意に理解したような気がした。薄妃はラクスと知り合って日も浅い。だが彼は、訪れた彼女を親友、いや家族が久しぶりに帰って来たような表情で迎えるのだ。深い碧《あお》の瞳《ひとみ》はいつも少年のようにきらめき潤《うる》んで、そこに一片の邪心も感じられない。僕僕のような透徹した境地にある仙人ですら迷わせる〝何か〟があるような気がした。王の天幕は粗末ではあるが、ラクスの放つ芳《かんば》しい気配が満ちて、用がなくても来たくなるという、灰雲樹《かいうんじゅ》の言葉も理解できた。

(それでも、何かがおかしい)

喉《のど》に引っかかる小骨のような違和感を、薄妃は感じている。劉欣も同じだった。自分たちで感じ取れるようなものを、僕僕が見抜けないはずがない。薄妃はちらりと僕僕を見た。

天幕の奥の仙人は、穏やかな表情でいつもの如《ごと》く杯を傾けている。宿館でラクスの衣を繕って以来、彼女が王の天幕から出ることはほとんどなかった。従って、薄妃が僕僕に会おうとすれば、ここに出向くしかなかったのである。

「どうもきみたち一行は、我が妻以外この国が気に入らないようだけど、どういうわけなんだろうね。良かったら理由を教えてくれないか」

怒るでもなく、ラクスは訊《たず》ねた。

「はい、色々とありますので」

薄妃は天幕内の穏やかすぎる空気に負けないよう胸を張り、ラクシアで感じた疑念の数々を挙げてみせる。だがラクスは狼狽《ろうばい》するどころか、興味深そうに聞いていた。人々が押しつぶされている得体の知れない恐怖、街の西に聳《そび》える岩山の裏側に隠された苦界の存在を突きつけられても、動揺した様子はなかった。

「王弁くんも似たようなことを言っていたが、それはまことに、私の不徳の致すところだ。本当はそんなことがあってはならない」

あっさりとラクスが頭を下げたので、薄妃は拍子抜けした。

「え、と……」

「しかし私には、人々が恐怖に押しつぶされているようには見えないんだけどね。実例があれば上げて欲しいのだが」

言葉を失っている薄妃を前に、ラクスは鼻の頭をかきながら立ちあがった。玉座とはとても見えない、粗末な木の椅子《いす》だ。飾りも付いていない肘掛《ひじか》けにラクスが手を置くと、軋《きし》みをあげた。

「確かに、あなた方から見れば、この国は色々とおかしなところがあるかもしれない」

ラクスは腕を組み、天幕の中を歩き回った。

「皆同じような服を着て、金は持たず、余計な財を持つ者もいない。仕事は何をしてもいいし、しなくてもいい。銀を漢人の捕虜たちに掘り出してもらっているのもその通りだ。山の仕事はさぞきついことだろう」

眉間《みけん》に指を当てたラクスの横顔は輝くばかりに美しい。理想の光なのだろう、と薄妃は見惚《みほ》れそうになる自分を押しとどめる。

「でもね、これは一つの試みなんだ」

「試み？」

「どこを見ても、それは私の生まれ故郷の草原でもそうなんだが、この天地に生きる人はみな力のある王や皇帝をいただいて生きている。誰かの前に跪《ひざまず》き、誰かに頭を踏みつけられながら周囲をうかがっている。人にそんなことをさせているものは何だ？法や秩序や礼といったものたちだ。馬や羊の群れを見てごらんよ。そんなものがあるかい？」

「で、でも私たちは人ですよ」

「薄妃は怪異の身となっても洗練された人の心を失わずにいる。それは実に素晴らしいことだ」

ラクスは揶揄《やゆ》する調子を一切交えずに、真剣な表情で称《たた》えた。ますます調子が狂って薄妃は口をつぐむ。

「しかし、人の心の過剰さは憎むべきだ。私はそう思うようになった。人の心身に枷《かせ》をはめ、枠を作り、道から外れないように律する。すると人は欲にまみれ、あらゆることに執着し、自ら不幸の道へと突き進む……」

だからこそ、とラクスはわずかに語気を強めて両手を広げた。

「最初から枠も枷もはめずに人の心自体を変えていけばいい。律せられることに慣れた人は初めこそ、欲得に捉《とら》えられて悪も為《な》すかもしれないが、それは私の力と志でうまく抑えて行けばいい」

「そんなにうまくいくもの？」

薄妃は半ば信じかけている自分に活を入れるために、反問した。

「肉を失いし美しき乙女よ、君は人の体を失い、君という存在の多くを心が占めている。だからこそ、知らぬ間に精神の強さと大切さを理解している。だが全《すべ》ての人間が、君のように強く賢いわけではない。乗り越えられないほどの迷いと欲は、制されることから生まれるのだ。私とわが妻、僕僕は人々を錆《さ》びた枷から解き放ち、本来の姿に戻してあげるのだ」

深碧《しんぺき》の瞳が底光りを始め、薄妃は引き込まれそうになる自分を懸命に抑えた。ラクスには志がある。それは間違いなかった。進む道を思い極めている人間にしか出せない、一直線に放たれる光を持っている。だがその光はあまりにも強く、見る者の目を眩《くら》ませもしてしまう。そのことが僕僕にはわからないのか。

薄妃は助けを求めるように僕僕の方を見た。僕僕は何か言いかけて口をつぐんだ。

その後は何度視線を向けようが、ただ無表情に受け止められただけであった。

ラクスの言葉に賛成しているのかどうか、薄妃は確かめたかったが、訊ねられるのを拒む気配があった。仕方なく代わりに、

「先生、ここから出ましょう。ラクスの言っていることもわかりますが、いずれ大きな諍《いさか》いを生み出します。先生やラクスは無事かもしれませんが、多くの人が傷つきます」

そう呼びかける。だが、薄妃の言葉にはラクスが応《こた》えた。

「しかし天地をこのまま放っておけば、無数の犠牲が繰り返し生まれることになる。人がこの天地からいなくなるまで、永遠にだ」

「先生」

ラクスの言葉を敢《あ》えて黙殺し、薄妃はもう一度僕僕を見つめる。僕僕は小さく肩をすくめ、

「彼の言う通りだよ」

と小さく呟《つぶや》いた。

「何故ですか」

(ラクスに、忘れられない男の面影でも見ているのだろうか……)

ふと思い浮かべる。

「とはまた違うのだがな」

僕僕は薄妃の心を読み取り、苦笑して言った。ただ珍しいことに、薄妃と目を合わせることはなかった。どのような言葉も通じさせない目に見えない壁が、僕僕の前に立ち塞《ふさ》がっているような気がしていた。

「帰りましょう」

再度呼びかけても、僕僕の表情は微動だにしなかった。

(私ではどうにも出来ない)

薄妃は悄然《しょうぜん》と天幕を辞去するしかなかった。

薄妃が宿館に帰ると、蒼芽香《そうがこう》が梭子魚《かます》を往復させつつ忙しく布を織り上げていた。

「どうでした?」

黙って首を振る薄妃を見て、蒼芽香もため息をつく。だが良いことを思い出したのか、急に表情を輝かせて薄妃に報告を始めた。

「何人かこっそり手伝ってくれる人がいて」

薄妃に向かって笑いかけながら、織り機を操る手も足も止まらない。かなりの腕前だ、と薄妃は感心した。よそ見をしていても糸の並びは全く狂わなかった。

「あら、それは嬉しいわね。でもこっそりとなの?」

「王から支給されたもの以外を着るのは憚《はばか》られるんですって」

「罰を受けるって言ってた?」

「いえ、何となく皆そうしてるし、あまりにラクスの機嫌が悪くなるようなことをしているとラクシアを追い出されるから、と言ってました」

「何となく、ね」

「法も取り締まる人もいないとは皆言ってるんですけどね。奥歯に物が挟まっているというか、怯《おび》えているというか……。でもおしゃれはしたいんですって」

「でしょうね。もう少し人手が欲しいわね」

すると織り機の陰からおずおずといくつか顔が出て来た。

「こっそりとなら手伝ってくれるそうです」

「何であれ、本当にありがとう」

薄妃は礼を言うなり、染付の用意にかかった。本当に好きにしていいなら、この国はもっと彩《いろど》り豊かであった方がいい。

薄妃は宿館を訪ねてくれた男女と手分けして、蒼芽香が織り上げた生地を彩っていく。

「これで二、三日も干せば、綺麗《きれい》に染め上がるわ」

風に翻《ひるがえ》る生地を見て少女たちは歓声を上げる。新しい衣を着て少女たちが街を歩けば、きっと国全体の雰囲気も変わっていくだろう。男たちもあでやかに装《よそお》った少女たちを見て胸を躍らせるはずだ。それでいい、と彼女は満足した。

だが染付が完了する日になって少女たちは姿を現さなくなり、街の人々は薄妃たちと口を利《き》かなくなっていた。

## 2

薄妃と蒼芽香が誰も口を利いてくれない街で呆然《ぼうぜん》と立ち尽くしている頃、王弁は銀の街で多忙を極めていた。原因不明の奇病が人々を襲う速度を上げ、次々と命を奪っていたからである。

「速すぎる……」

流行《はや》り病にしても、王弁の知識の中には特定できる病名がなかった。大陸の南方に多い下痢を伴う熱病であることは推測できたが、治療法に自信が持てない。

患者たちの症状は下痢と発熱に加え、吐き気、そして激しい腹痛である。一方、王弁の手元には懐《ふところ》の薬包に入れたわずかな四君子湯《しくんしとう》しかなかった。四君子湯は、蒼朮《そうじゅつ》、茯苓《ぶくりょう》、人参《にんじん》、甘草《かんぞう》、生姜《しょうが》、大棗《たいそう》を調合した下痢止めで、旅の用心で持っていたものである。

「この病もラクスの罠《わな》じゃないのか」

雑居房の中で王弁と向き合いながら、陳慶《ちんけい》が怒りで顔をどす黒く染めて吐き捨てる。

「残念ながらここまでのようだ。殺されたとしても、何もしないまま病魔にやられるわけにはいかない。お前が腕のいい薬師だとしても、これだけ多くの病人はどうしようもあるまい」

「待って下さい。ラクスは蛮夷《ばんい》と呼ばれた人々とともに、新たな国を作ろうとしている指導者でもあります。陳慶さんならその気持ちがわかるでしょう」

「お前、どっちの味方なんだ」

と問われて王弁はくちびるを噛《か》む。

「生憎《あいにく》、私にはラクスの光は見えない。確かに奴《やつ》は、辺境の民の間で衆望を集めているかもしれない。だが我らから見れば、奴も己の版図拡大のために敵を作り、そして罪なき人々を虐《しいた》げる中原の皇帝と変わりないのだ」

王弁の制止も空《むな》しく、陳慶は王弁を長安から遣わされて来た救援軍の先触れだと告げてまわり、鉱山で働く者たちをまとめ上げつつあった。人々は見た目にも頼りなげな王弁を疑いつつも、陳慶の熱い言葉を信じた。

「ともかく治療が間に合わない……。先生がいれば」

王弁は僕僕のことを頭に思い浮かべたが、助けは求められないと考えていた。今の僕僕はラクス側にいる。もしラクスに知られれば、自分はともかく銀の街にいる人たちに害が及ぶ。そこで僕僕の代わりに助けを求める相手として思いついたのは、吐蕃《チベット》の薬師、ドルマであった。彼の助けがあれば、多くの命を救うことが出来るはずだ。

「山の外には出られないぞ」

「出られる人がいるでしょう」

王弁の頭には燃料倉庫の漢人のことがあった。

「あいつらは裏切り者だ。脱出する計画もあいつらには言ってない」

「どうして？　同じ土地から来たんでしょ？」

「密告されたら皆殺しにされてしまう！」

「このまま病を放っておいても全滅するかも知れないんだ！」

陳慶は王弁が初めて見せる切羽詰まった様子に思わず根負けして舌打ちすると、肩を怒らせて監督官の手先となっている者たちのところへ向かう。彼らの小屋は、陳慶たちの雑居房よりもだいぶ大きい。しばらくして、陳慶はさらに憤然として帰ってきた。

「私たちと話すと病がうつるから扉も開けたくないのだそうだ」

さすがの王弁もその答えを聞いてがっくりと肩を落とした。だがまだ監督官本人がいる。病が広がって鉱山が停止すれば、困るのは彼らだ。

「吐蕃の薬師なんかに診てもらうくらいなら、猿に診てもらった方がましだ」

陳慶と王弁のやり取りを聞いている衆の中から声が上がった。おそらく漢人の捕虜なのだろう。それに賛意を示す声と反発する声で、あたりは騒然となる。

苛立《いらだ》った王弁は、自ら鉱山の中枢部《ちゅうすうぶ》にある監督官の小屋に向かおうとした。

「蛮夷だの漢人だの言ってる場合か！」

そう言い捨てて歩き出す。

「待つのだ。私が行く」

もう少しで監督小屋というところで、陳慶が追いついてきた。

「私には仲間を助ける責がある。そのためなら泥もする」

火が消えた炉の脇《わき》を通り、二人は監督小屋の前に立った。扉にはがっちりと錠がかけられていた。中で人の動く気配はある。

「申し上げます、病人が多く出ています。ラクシアから薬師を呼んでいただきたい！」

陳慶は扉をがんがん叩《たた》いて頼む。だが中からは返答がない。

「白岩溝《はくがんこう》を出せ。このままでは皆死んでしまうぞ！」

返事の代わりに出て来たのは、監督官の中でもっとも若い男だった。

「これ以上騒ぐなら、ラクスに報告する」

「すればいい。このままだといずれ全員死ぬ」

陳慶の剣幕に男は青ざめていた。病の元が風に乗って自分を冒さないように、手で口を覆《おお》っている。恐らく他の連中に命じられて出てきただけなのだろう、こちらの用件を最後まで聞こうともせず戻ろうとした。

「何でもいいから許可を出すのだ。光の都から薬師を連れて来いと、一言お前が言えば済む」

胸倉を摑《つか》まれて若者は悲鳴を上げた。王弁は慌《あわ》てて二人を引き剝《は》がし、出来るだけ冷静に、危険な状態であることを告げる。

「く、薬師を連れて来られれば収まるのか」

「それはわからない。でもやってみないと」

「か、勝手にしろ！」

若者はそう叫ぶなり扉を閉めてしまった。陳慶と王弁は顔を見合わせ、走り出す。鉱山を出て岩山をぐるりと回り込めば、光の都を取り囲む木立に差し掛かる。しかし銀の街とラクシアを結ぶ道は既に封鎖されていた。仕方なく二人は、雑居房に一度引き返した。

「俺に任せな」

戻ってきた陳慶たちの気落ちした顔を見て、まだ回復しきっていないはずの丘沈《きゅうちん》が胸を叩いた。

「ラクシアとの境に立つ岩山があるだろ。あそこは銀はそれほど採れないんだが、捕まっているここ半年かけて、隠し穴を山ほど掘ってあるんだ。そのうちの一本はラクシアへ通じるように掘ってある」

「隠し穴だと？　そんなこと一言も言ってなかったじゃないか」

陳慶が目をむく。

「掘ってたのは陳慶さん達だぜ。敵を欺《あざむ》くには何とやら、というやつさ」

「丘沈の指図どおりに掘っていたが、気付かなかった。そこを通ればラクシアに出られるのか」

「それだけじゃないが、仕掛けをばらすのはまだ早いと思ってたんでね」

丘沈の青ざめていた頬に血色が戻りつつあった。ともかく、王弁たちは丘沈の言う通りに隠し穴の中を走り、ラクシアに続く間道に出た。だがそこで、王弁たちは往く手を塞《ふさ》がれてしまった。

見知った顔が酷薄な表情を浮かべ、王弁を見ていたからだ。

「灰雲樹《かいうんじゅ》さん……」

数人の敏捷《びんしょう》そうな影が、左右の木蔭《こかげ》から姿を現した。手には細い直刀を提げている。ただならぬ雰囲気に、王弁はたじろいだ。

「王弁さんもそうだが、僕僕先生の従者たちは随分と退屈なされているようですね。監視するこちらの身にもなって欲しいものです」

わざとらしくため息をついた灰雲樹は、陳慶に冷たい視線を送った。

「貴様ら、ラクスの慈悲をこうむって命を保っているにもかかわらず、身勝手な行動をとるとは。後ほどラクスより罰が下されるだろう」

「自由の国が聞いて呆《あき》れるな」

陳慶も負けじと言い返す。

「資格のなき者に自由を与えても、それは悪にしか使われないとわが王も言っている。お前たち悪《あ》しき漢人の心を改めるために、王は試練と教育の場を与えている」

「病で人が死ぬような鉱山に詰め込んでおいて教育だと？ 笑わせるな」

王弁はたまらず割って入る。

「今はそんな口論をしている場合じゃないでしょ。灰雲樹さん、薬師のドルマを派遣してくれるよう口をきいてくれないか」

「さあ、それは許されることではなさそうですよ」

灰雲樹は意地悪な笑みを浮かべる。

「あなた、漢人に恨みでもあるんですか」

王弁の言葉にしばらく驚いたように目を見開いていた灰雲樹だったが、目を細めて頷《うなず》いた。

「なるほど中原は広い。あなたのようなおめでたい人もいるのだな。この天地は自らが主であると信じ、そうでない者を蛮夷と罵《ののし》る連中がいる。もともと天地の中心に住んでいた人々を辺境に追放し、あまつさえ人以下として扱うのが漢人だ。それを知らないわけではあるまい？　あなたも各地で、苗や西域の人々が漢人に虐げられている様を見て来たはずだ」

王弁は困惑するしかない。それはあったかも知れないが、目前の病人とは関係ない。そう口を開こうとすると、さらに灰雲樹が言葉を重ねてくる。

「漢人は我々を辺境に追いやって、一体どうしようというのだ？　山に押しつけ海に落とし、一人残らずこの世から消してしまえば気が済むのか」

「し、知らないですよそんなこと」

「あの山にいるのは、そんな漢人や漢人に毒された出来そこないどもだ。戦いに来て戦いきれず、義に殉じて死ぬことも出来ない。ちょうどいいじゃないか。病が手助けしてくれるなら、ここで死なせよう」

王弁の膝《ひざ》は震えだした。だがそれは恐怖からではない。怒りのためであった。

「……人が数百人も死にかけてるんですよ」

「こっちは漢人がのさばりだしてこの方、数え切れないほど死んだんだ」

とその時、王弁と睨《にら》み合う灰雲樹がゆっくりと前のめりに倒れた。他の男たちも気を失って泡を吹いていた。王弁が驚いていると、異様に長い手足が中空に浮かび出るように姿を現した。

「殺した方が良かったか」

「劉欣！」

「山の方はまとまっているか」

陳慶が大きく頷く。

「まとまったところで、病が流行ってしまった」

「心配はいらん。多くの人間を一度に動かすものは、十分な量の恩讐《おんしゅう》だけだと相場が決まっている。ラクスにたっぷりと恨みを与えられた連中が、いま王弁に恩を与えられれば必ずまとまる」

「まとめてどうするの」

おろおろとする王弁を劉欣はぎろりと睨みつけた。

「仙人の気分を変えて来い。お前の見ている気分のいい風景は、まやかしだってな」

「先生はそんなことわかっているはずだ」

「わかっていても、見ようとしなければそこにないのと同じだ。お前はあの仙人に一番近い人間だ」

「今は、違うじゃないか」

劉欣は歯を嚙み鳴らすと王弁の首根っこを摑んだ。

「師弟ともども目を覚ましやがれ。それがお前の願いなんだろ」

そして後ろ手に縛り上げられたドルマを王弁の方に突き出した。

3

ドルマは当然のことながら、不愉快な顔をしていた。

「心配いらん。お前の命を聞かなければすぐに殺すと脅してある」

だが王弁はすぐさまドルマの縛《いまし》めを解き、その前に膝をついて謝罪した。そして、今は多くの病人が出ているから、ともかく手助けをして欲しいと懇願する。

「病に苦しむ者がいれば助けるのは薬師の務めだ。だがこんなやり方が許されていいんですか」

ドルマの声は硬い。

「それに前にも言ったはずです。漢人と辺境に住む人々では、病の原因が違う。脈の動きが違えば、処方すべき薬も違うのだ」

「そうかも知れませんが、大差はないはずです」

「いや、脈の動きというのは精妙なのだ。診立てを間違えば患者の命を失うこともある。己の手違いで人の命を失うことは耐えられない」

劉欣が舌打ちした。

「何も手を打たなければどうせ死ぬんだ。多少違っても問題ないだろうが」

「間違った治療はしたくない。無理強いするなら私を先に殺せばいい」

とドルマも意地になったように言い返す。王弁は懸命になだめ、ドルマの助力を再度願う。王弁の血相を見てやや表情を和らげたドルマだったが、

「漢人の体はわからない。それに薬種もない」

だが劉欣が背負っていた包みから薬種を一式取り出して見せた。

「薬房から奪ってきたか。用意のいいことだ。だが私は行かない」

くちびるを歪《ゆが》めるドルマに劉欣が錐刀《すいとう》を突き付ける。その時、後ろでうめき声がした。灰雲樹が目を覚ましたのである。

「ドルマ師よ、行くな」

　ぴたりとドルマが足を止める。

「漢人のために貴重な薬種を使うのは、ラクスも喜ばない」

「私だって行く気はありませんよ」

　ドルマが憤然として答える。

「漢人の代わりなどいくらでもいる。むしろ数が減るなら、我らにとっていいことではないか。放っておくのだ」

　陳慶が怒りの形相で灰雲樹の方に詰め寄ろうとするが、王弁はその袖《そで》を掴んで止めた。そしてドルマにもう一度無礼を謝ると、彼をその場に残して、陳慶とともに急いで鉱山へと戻った。

　監督小屋は相変わらず静まり返って、陳慶の呼びかけにも応じない。

「ともかく俺たちだけでもなんとかしなきゃ。急ごう。篝火《かがりび》を焚《た》いて下さい。出来るだけ多く」

　王弁は焦《あせ》っていた。

「灰雲樹は、きっともう俺たちの動きをラクスに告げていることでしょう。鉱山の漢人が勝手なことをするのを彼は好まないはず。俺たちが山を出ていることが分かれば、何か手を打ってくると思うのです。治療するとなれば急がねばなりません」

そう言いながら、王弁は倒れ伏している男たちの手を取り、脈を取り始めた。

「そんな悠長な治療の仕方で大丈夫なのか?」

陳慶は急《せ》かすが、王弁は呼吸を鎮《しず》めて病状を探ろうと努めた。

「俺にはこうするしか出来ないんです」

「私も全く覚えがないわけではない。脈くらいなら取って見せる」

王弁の答えにわずかに笑みを浮かべて頷いた陳慶は自分も目を閉じて気を凝らし、的確に脈を診断していく。王弁は陳慶に銀製錬従事者の名簿を借りると、余白に容体を記録していった。

「ただの腹下しではないのかも」

病人たちの脈を取り終わった王弁には、これまで見てきたどんな病とも違うように思えてならない。

「違うのか。いや、だとすれば何の病なのだ……」

陳慶も、髯《ひげ》を撫《な》でながら思案に暮れる。そこで、黙って二人の作業を見ていた丘沈が何かを思いついた。

「ここは銀山だ。俺は湖南《こなん》の銀山に出張っている時、同じような症状を見たことがある。銀を出す山で働く者には、時折銀の毒がとりつくんだ。銀の山はそれぞれ性質が違うが、患者の肉体に積もるうちに、一気に病となって吹き出す毒を持っていることもあるんだよ」

銀山の技師であった丘沈はさすがによく知っていた。

「そうなんですか……」

「平地ならそのような病人はいないからな。見たことないのも当然だ」

「じゃあさっき四君子湯を与えた人も、治ったわけじゃないってこと？」

恐る恐る丘沈の方を見ると、彼は再び顔を青ざめさせている。

「また具合が悪くなって来やがった」

王弁は意気消沈して座り込みかける。だが陳慶は王弁を無理矢理立たせた。

「ともかく反省は後にしよう。丘沈、銀の毒はどうすればいいんだ」

「俺も薬のことは詳しくないが、銀の病はその毒を体から出さねばならない」

しばらく考え込んでいた王弁は、きっと顔を上げた。

「陳慶さん、すぐに二つの炉に火を入れて下さい」

「炉に？　またどうして」

「銀に限らず毒は体の汗穴に潜んでいる。汗穴を清めるには汗をかくしかない。だが体を動かせる元気のある者は少ない以上、外から熱を当てて汗を流させるしかありません。そして同時に、下痢と嘔吐《おうと》を止めて体を衰弱させないようにします」

陳慶は頷き、炉に炭を入れて元気な者で風を送り込む。静まっていた二つの炉が低い響きと共に熱を放ち始めるのに、時間はかからなかった。その間にも王弁は薬の調合を始めた。

「まず患者たちの体力を奪っている下痢と嘔吐をなんとかします。今手元にある薬種で作ることの出来る最も強い薬は啓脾《けいひ》湯《とう》です。これなら下痢も嘔吐も一度に止めることが出来ます」

「よし、病にかかった者を全員集めろ。体内からの水の出を止めつつ、毒だけを出させるのだ」

粉末にした茯苓《ぶくりょう》、蒼朮《そうじゅつ》、山薬《さんやく》、人参《にんじん》、蓮肉《れんにく》、山査子《さんざし》、沢瀉《たくしゃ》、陳皮《ちんぴ》、甘草《かんぞう》を手早く調合していく。だが多くの薬種を使う啓脾湯は数多く作れない。そのことに気付いた王弁の手が思わず震えた。

一方、炉に着火した陳慶は、大鍋に湯を沸かし始めて間もなく、何かに思いあたった様子で手を止めた。

「この山の水は、恐らく銀の気を吸い過ぎている。別の山から出ている水を持って来るのだ。急げ！」

石応たち若い者数人が桶《おけ》を担《かつ》いで走っていった。

病状は人それぞれで、意識を失いかけている者もいれば、言葉を交わせる者もいる。調合を終えた王弁の薬を、陳慶は病状の軽い者から与え始めた。

「ちょ、ちょっと待って下さい」

病状の重い者から薬を与えるべきだと王弁は訴えた。

「よく考えろ」

陳慶は王弁が調合し終わった薬包を指す。何とか百包作ったところで、薬種は底をついていた。一方で、病に呻《うめ》いている者たちの数は、優に百五十を超えている。

「全員に行き渡るわけではない。薬が無駄にならぬよう使わなければならない」

「他に薬の材料になるようなものはないんですか？」

「ラクスに願えば、あるいは手に入るだろうか……」

だがラクスの手が伸びる前にと、急いでいるのである。意識の混濁している者は、うわごとで家族の名を呼んでいる。

「この人たちを放っておくわけにはいかないでしょ！」

「確実に命を救える者から救わねば、無駄に死ぬ者が増える。医と薬を生業《せいぎょう》としていながらそんなこともわからないのか！」

陳慶に叱責《しっせき》され、王弁は俯《うつむ》いた。

4

確かに、王弁が故郷で皇帝に与えられた治療所でも、救えない命はあった。薬師に出来ることは無限ではない。だが、命の危機にいる者こそ救わねばならないと手を尽くしてきたのだ。

「病に軽重があり、薬に限りがある。どうする？」

陳慶の言葉に王弁は拳《こぶし》を握りしめた。水を汲《く》んで戻って来た石応《せきおう》たちは、目を血走らせて二人を見つめている。王弁はぎゅっと目をつぶった。

「先生なら……」

僕僕ならどうするか、助言が欲しかった。

「劉欣、あのさ」

後ろに立つ殺し屋は、黙って王弁たちを手伝い、病人たちの体を拭《ふ》き清めてくれていた。

「仙人の答えを訊《き》いて来いというのなら御免だ」

王弁の迷いを見透かしたように劉欣は拒んだ。そんなことはない、とはもう王弁にも言えない。

「つれなくされても頼りたくなるとは、お前もいじらしいやつだな」

こんな時に皮肉を言われて、王弁はかっと頭に血が上った。

「そうじゃない。先生の方が医薬の道には詳しいから、意見が聞きたかっただけだ」

「そうかよ。で、自分で行くのか？」

「……行かない」

王弁は目を閉じて深呼吸を一つする。

薬丹の道を僕僕に教えてもらったことで、王弁は初めて学びを知った。学べば学ぶほど、病と戦えた。だがそれは同時に、限界との競争でもあった。

どれほど効き目の強い薬を投じても、治せない病がある。強すぎて、毒になってしまう薬がある。病を癒《いや》す喜びと、治せない口惜しさがいつも同時に襲ってくるのが薬師の仕事だった。

だから、僕僕との旅は彼をその苦しさから解き放ってくれた。旅の途中で薬を処方することはあっても、近くに僕僕がいることでどれほど気が楽になったことか。

それが今、数百人の命を選り分けろ、と目の前にとてつもない問いを突きつけられているのだ。

「陳慶さん……」

助けを求めるように呼ぶ。彼は既に覚悟を決めているようだった。王弁の肩に手を置くと、

「彼らは私と共にここまで進んできた者たちだ。彼らの生死は私に責がある。お前は力を尽くしてくれている。心に重荷を背負うことなく、断を下してくれていいのだ」

と穏やかな口調で言った。

「俺たちは、陳慶さまに命を預けている。故郷から遠く離れて、頼れるのは仲間たちだけだ。その仲間を束《たば》ねる男の断は俺たちの断だ。仲間の命は皆で背負う」

石応たちも胸を叩《たた》く。この人たちは凄《すご》いな、と王弁は内心舌を巻いた。蒼芽香もそうだった。殺された村の人々を背負うと言って、一行についてきた。

（俺も、やらなきゃ）

そう思う程に体が震えて来る。涙が流れる。顔を覆《おお》って、その場に倒れてしまいたかった。

「王弁……」

陳慶が不安げに声をかけてくる。王弁は周囲を見回す。誰もが、何かを背負っていた。病、仲間、覚悟、何かを背負って懸命に戦っているのだ。彼は震えそうになる膝《ひざ》を叩き、自らの頰を張り、奥歯を噛《か》みしめて顔を上げた。

「俺は薬師です」

男たちの全《すべ》ての瞳《ひとみ》が、王弁を捉《とら》えていた。

「どの患者に薬を与えるかは……、俺が断を下します」

指示を与えようとしたその時、鉱山の入り口から僧形の男が駆け込んできた。

「ドルマさん！」

「私も薬師だ。そこに病に苦しむ者がいると知って、ただ座して見ているわけには、やはりいかない」

吐蕃の薬師の顔を見てほっとした王弁であったが、すぐにその手を取って指示を出す。

「もう一度患者さん達全員の脈を診て欲しいのです。ドルマさんほどの名人なら、薬を投じなくても治る者、薬を飲めば治る者、薬を飲んでも治らない者の区別がつきますか」

「恐らく出来る。だが君に人の生死を背負えるのか」

王弁がくちびるを引きしめて頷《うなず》いたのを見て、ドルマは初めて微笑を浮かべた。そして患者の指先と手首に糸を巻きつけ、努めて冷静を保ちつつ、糸を伝わる脈を見極めていく。その判断を聞きながら、王弁が投薬するかどうかを決断した。

「やはり全員を助けるわけにはいかないのだな……」

陳慶は肩を落とす。だが王弁は迷いを振り切った表情で、

「薬は全ての病人を救う万能の術じゃない。でも、病の痛みや苦しみから人々を救い、死の悲しみから遠ざけることができるんです。たとえ死が目の前で牙《きば》をむこうと、生かせる者を百人増やせる方法があるのなら、俺はそちらを選びます」

決然と言い切った。その気迫には陳慶も呑《の》まれたように、

「病人相手の総大将はお前だ。その指示に従う」

と思わず拱手《きょうしゅ》するほどであった。王弁は呻きつつもまだ意識のある者たちから薬を飲ませ、意識を失って久しい者たちには、もう投薬をしなかった。そして劉欣に、監督小屋に引きこもっている者たちを追い出すよう頼んだ。

「珍しく荒事を望むじゃないか」

「灰雲樹があやって邪魔しに来たんだから、もう気を使ったところで同じだよ」

「だが殺して欲しくもない、と」

王弁が頷くと、そこは甘ちゃんだな、とあざ笑いつつもあっさりと扉を破って中にいた数人を追い払った。

王弁はドルマや陳慶たちと協力し、意識のない重症患者をそこへ移した。

「よくわからんな。治りそうな連中ではなく、死にそうな奴《やつ》らをこっちに移してどうするんだ」

首を捻《ひね》る劉欣に向かい、陳慶は感に堪えたように首を振る。

「この者たちの家族の誰もが、夫や息子が辺境の鉱山で死ぬことになろうとは思ってはいまい。だがせめて、我ら生き残った者がその死にざまを話す時に、硬い岩の上でなかったと言えるように心遣いをしてくれているのだ」

「馬鹿《ばか》げた感傷だ」

劉欣は苦々しげに舌打ちしたが、王弁に請《こ》われるまま患者を運び続けた。

一夜明けても、ラクスから懲罰を与えるための官吏が送られてくることはなく、鉱山の周囲は不気味に静まり返っている。ただ、一人、また一人と重症だった者は息を引き取っていく。王弁は静かな表情で体を清めてやりながら、死にゆく者たちに一言だけ謝っている。

「何故《なぜ》謝る」

劉欣が清めた遺体に服を着せてやりながら訊《たず》ねた。

「薬が足りていれば。俺が意地を張らずに先生に頼っていればよかったのかも……」

馬鹿か、と劉欣が吐き捨てた。

「そこでお前がラクスに捕えられでもしたら、ここにある死体の数は倍になっていたことだろうよ。しても仕方ない後悔を続けるのは阿呆《あほう》だ。憶《おぼ》えておけ」

「後悔はするよ」

「……好きにしろ」

疲れ果てたドルマは恐ろしいほどの鼾《いびき》を立てて岩の上に寝ている。それが起床の合図になったのか、監督小屋の外では体力が回復してきた者たちが抱き合って喜んでいる。

「おい」

劉欣が一人を指差した。体はやせ細り、死を目前にしながら意識を回復した者がいた。王弁は急いで駆け寄り、気付けの薬を含ませようとするが顔を振って嫌がる。

「あんた、どこの生まれだ」

目が見えていないのか、王弁の袖《そで》を摑《つか》もうとして何度も失敗した。王弁はその手を握って、淮南《わいなん》です、と答える。

「おお、その訛《なま》り、懐《なつ》かしいな。俺はもともと徐州《じょしゅう》なんだ。なあ、頼む。俺の妻と娘に、一言だけ伝えてくれ」

男は光を失った目から涙を流し、震えるくちびるで、

「幸せになって、くれ、と……」

とだけ言い残すとこときれた。王弁は見開いたままの瞼《まぶた》を下ろしてやり、黙って体を拭く。涙を流すことはしなかった。ただ、髪のひと房を切って束ねると、懐《ふところ》に入れた。

「一人だけやるのか。そういうのを憐憫《れんびん》って言うんだぞ」

劉欣が皮肉を言った。

「この人は最期《さいご》に目を覚まし、俺に思いを託して逝《い》ったんだ。縁があるんだ」

「己一人が満足すればそれでいいのか」

「冥府《めいふ》に行ったこの人が満足してくれたらいい」

小屋に横たわる遺体を全て清め終わった王弁は、埋葬しようと言ってみたものの、鉱山のことである。埋める穴を掘るのはあまりにも労が大き過ぎるように思われた。

「焼いてやろう」

陳慶がそう提案する。

「故郷に近ければ埋めてやるべきだが、ここは千里の彼方《かなた》だ。焼いて風に乗れば、浮かばれない魂も故郷に帰れるというもんだろう。第一、戦場や途上で倒れてほったらかしにされた連中に比べたら、上等な死にざまだよ」

敢《あ》えて明るく声を張る。

「友よ、一足先にこいつらを故郷へ帰してやろうじゃないか」

体の動く者は手を打って賛意を表し、小屋の周りには炭と木が積み上げられた。陳慶が炉の埋め火を持ち、点火してまわる。

行行重行行　行く道を重ねるうちに
與君生別離　君と遠く離れてしまった
相去萬餘里　別れること万里
各在天一涯　それぞれが天の端と端にいる
道路阻且長　二人を隔てる道は険しく長く
會面安可知　いつまた会えるかもわからない

陳慶が低い声で、望郷の詩を口ずさんでいる。送る者は漢人であろうと義陽蛮であろうと、手を取り合い、その炎を見つめていた。

# 第六章　古き想《おも》い

1

賑《にぎ》やかな笑い声が宿館から響く。薄妃は自分で作った衣を着て歓声を挙げている少女たちを見ながら、目を細めていた。

「やっぱり女の子は艶《あで》やかに装《よそお》わないとね」

蚕嬢《さんじょう》の糸は、織っても染めても抜群の艶《つや》と肌触りの良さを持っていた。織っている蒼芽香《そうがこう》も染めている薄妃も触れているだけで夢中になる上質な絹糸であった。

「友だち呼んでくるって? いいわよ。いくらでも織ってあげる」

また一人の少女が、舞うような足取りで街に戻って行った。一人の娘が別の娘を呼び、薄妃たちのいる宿館を訪れる者の数は日に日に増えて行く。それに伴って、街に色が戻り始めた。

単色でしかなかった人の流れに、彩《いろど》りが混じり始める。静かで清潔な街に、これまでとは違った輝きが生まれていく。

「いいんでしょうか」

襷《たすき》をかけた袖《そで》を戻しながら、蒼芽香は心配げに頰に手をやった。

「あれだけ織っといて、今さら何言ってるの」

「娘たちが来なくなった時はどうなるかと思いましたけど」

「女心はそう簡単に抑えられないわよ」

一度は訪れる人影のなくなった宿館に、一人の娘がこっそりと、衣を求めに来た。するると、堰《せき》を切ったように多くの娘たちが押し掛けるようになったものだ。

「ラクス王が怒ってきませんかね。勝手に俺の国を別の色に染めやがって、って」

「うまいわね」

「別にしゃれで言ったんじゃありませんけど」

薄妃たちが胡《こ》服と苗《ミャオ》服の意匠を取り入れた五色の衣を作っている間、僕僕は一度も戻って来なかった。劉欣《りゅうきん》も帰って来なかったし、王弁と吉良《きら》も姿を消していた。

「あの人たちも元気ねえ」

と薄妃が欠伸《あくび》を噛《か》み殺しながら言ったものだから、今度は蒼芽香がころころと笑い出した。

「暢気《のんき》ですね。厄介事に巻き込まれているかもしれませんよ」

「あの人たちと旅に出てから厄介事がない方が珍しかったわ」

目を丸くしている蒼芽香を尻目《しりめ》に、薄妃は染料の片づけを始めた。そろそろ頼んでおいた新たな染料が届くころである。

だが、いつもそれを届けてくれる職人たちが、今日は訪れてこなかった。

「また何か横槍《よこやり》が入っているのかしら……」

薄妃は首を傾《かし》げ、はっと目を見開く。宿館の外に出ると屋根に上り、風の気配を読む。光の都はいつもと変わらず清らかに静まり返っているものの、空気の底には張り詰めた気配が流れていた。

「何かおかしいです」

下から蒼芽香が叫ぶ。

「あなたもわかるの？」

「国が襲われた時に似た雰囲気になっています。重くて、苦しい……」

だが薄妃は考えあぐねた。僕僕は街の中央に王と共にいる。この重苦しい気配の正体は、僕僕に訊《き》けばきっとわかる。

（でも、今の先生は私たちの側に立ってくれるのだろうか）

これまで抱いたこともない疑問が湧《わ》いてしまう。宿館の周囲に、一人、また一人と屈強そうな男が立ち始めた。一見丸腰だがその視線は鋭く、見る間に建物を取り囲んでしまった。どの男の腰帯にも、小さな扇が挿してある。

「あなた方、灰雲樹《かいうんじゅ》さんの手の者ですね。何用ですか」

顔を出した蒼芽香が凛《りん》とした声で詰問《きつもん》するが、男たちは無表情なまま身じろぎひとつしない。薄妃は屋根を蹴《け》って飛ぼうとした。

「動くな」

下から低い声がして薄妃が目を向けると、男たちは全員が弓を構えて彼女を狙《ねら》っている。

「宿館から出ることはならぬ。ラクスの命令だ」

「私たちにどんな罪があってそのような制約を科されるのかしら」

薄妃が堂々と問う。だが男たちの無表情を崩すには至らない。

「ラクスがそう命じた以上、従ってもらう」

「私たちはラクスの民じゃない。従うことは出来ないわ」

「あなた達はここにいる以上、その命から逃れることは出来ない。第一、既にあなた方は大きな罪を犯している」

「あら、何かしら？」

「民に無用な奢侈《しゃし》を教え、堕落させようとしていることだ」

「堕落……。真面目《まじめ》な顔して上手な冗談言うじゃないの」

「奢侈は人の心を欲に汚し、公平を失わせ、不満を募らせる悪の源だ」

「綺麗《きれい》な衣を着ることが悪の源ですって！」

薄妃は顔を真っ赤にして怒った。

「あなた、女だからと思って馬鹿《ばか》にしてるの？」

「ラクスの前に男女の差はない。ただその理想に忠実かどうかがあるだけだ」

「なるほど、忠実だとあんたたちのように暗い顔になるわけね」

薄妃の挑発には応じず、男は薄妃たちに宿館から出ることを禁じた。どれだけ皮肉ろうと罵《ののし》ろうと眉《まゆ》ひとつ動かさない相手に疲れ、薄妃は宿館の中に戻る。すると、蒼芽香が片づけかけていた絹糸を機織《はたお》り機にかけて、織る準備を始めていた。

「何してるの?」

「宿館から出られないとなると暇ですからね。また街の人が来ても待たせずに済むように、何着か用意しておこうと思って」

「確かに、中で何をするなとは言われてないしね。どんどんやってしまいましょ」

薄妃と蒼芽香は交代しながら、織り続けることにした。

2

薄妃たちが軟禁された鬱憤《うっぷん》を機織りにぶつけている頃、劉欣はラクシアと銀の街を隔てる森の中で窮地に陥っていた。嫌な気配を感じて、慌《あわ》てて銀の街を出て周囲を探っていたのだ。

「お仲間を守るために一人で出てくるとは、見かけによらずお優しいのですね」

すぐ後ろから声がするが、相手がそこにいないことは分かっていた。

「劉欣さん、約束通り絶技を教えていただきに参りましたよ」

今度は森の奥深くから、澄んだ若者の声がする。劉欣は自分でも意外なほどの緊張で全身の毛孔《けあな》が開き切っていることを自覚する。先ほどは赤子の手を捻《ひね》るように簡単に倒せたはずの青年の声が、今度は余裕たっぷりに聞こえていた。

「驚きました？　人の姿は必ずしも一つではない。強さ弱さですら、また陽炎《かげろう》のごとく移ろうのです」

はしゃぐような笑い声がいくつも響く。

「どこまでも偽りばかりの国なのだな」

「違います。全《すべ》てが真実の素晴らしい国がラクシアであり、古《いにしえ》の堯舜《ぎょうしゅん》など遥《はる》かに超える聖王が、我らがラクスなのです」

劉欣が驚いたことに、灰雲樹は自ら姿を現した。

「喧嘩《けんか》を売る態度としては、堂々としたものだ。だが貴様も影働きなのだろう？　珍しいことをするじゃないか」

「先ほどは思わぬ恥をかかされてしまいました。あなただけはね、正面からねじ伏せたいのですよ」

そう言って灰雲樹は鼻の頭を掻《か》いた。似た仕種《しぐさ》をどこかで見たような気がして、劉欣はそれがラクスの癖と同じであることに気付いた。

「お前は王しか見ていないのか」

「そうですよ」

「犬め」

「あなたと同類ですよ」

灰雲樹は顎《あご》を上げて傲岸《ごうがん》な表情を作った。劉欣は鼻で笑う。

「来い」

懐《ふところ》から吹き矢筒を取り出す。それを見た灰雲樹は、帯に挿している一尺ほどの銀の扇を抜いた。表面を覆《おお》う羽根で隠れていた、細い無数の骨が伸び始める。

「それが貴様の得物《えもの》か」

「胡蝶《こちょう》にはありますかね」

「さあ、どうだったかな」

その間にも、銀の細骨は伸びて二尺ほどとなり、糸のごとくになった。そよ風が吹き、扇を揺らすと、さらりと美しい音が鳴った。

「黄銅革《おうどうかく》もそれで殺したな」

「見ていたのですか。気付かなかったなぁ」

わざとらしく言う。その口元を目がけて、劉欣は一の矢を放った。灰雲樹は避けることもせず、扇をふわりと翻《ひるがえ》らせる。すると矢は地に落ちた。

間を置くことなく一息で五本の矢を飛ばす。全てが灰雲樹の急所へと殺到したが、扇のひらめきの前に落とされ、命中することはなかった。

その動きにためらいも恐れも一切なかった。

「面白い術を使う」

「ではこちらも」

灰雲樹は地を這《は》うように走って間合いを詰めると、劉欣に向かって扇を一閃《いっせん》させた。二丈ほども向こうから、銀の触手が伸びてくる。跳躍して避けた劉欣の後を、触手は光跡を残して追い続ける。

「手元がお留守だぞ」

退きつつ距離を測っていた劉欣は、一転、銀光の波間をかいくぐって灰雲樹に迫った。接近しては打撃の武器ともなる鉄製の吹き矢筒は、短槍《たんそう》に匹敵する危険な得物だ。

「危ない、危ない」

打ち込んだはずの吹き矢筒は、扇の骨で受け止められていた。伸びていた銀糸は元の長さに戻っている。劉欣はさらに打ち込み続けるが、灰雲樹は必死の面持ちながら全て受け切った。

「ラクスと心を一にしている私に恐れも隙《すき》もない。しかし、あなたの強さは野犬のごとき荒々しさですね。どうです？　あなたも私と同じくラクスに仕えるといい。絶対の忠誠がもたらしてくれる、素晴らしい力を得ることが出来ますよ。それにあの仙人も、今やラクスの妻となったのですから、我々が戦う理由はありますまい」

「やるな」

「俺をねじ伏せたいんだろ？」

「そうですよ。だから私を伏し拝んで、ラクスに忠誠を誓うと言うのです」

「言うと思うか」

一歩踏み出そうとして、劉欣は動きを止めた。足首と手首に違和感を覚えたのである。目を向けると、両の手首から血が流れ落ちている。灰雲樹の扇から伸びた数本の銀糸が、結びついていた。

「動くと自慢の手足が飛びますよ」

灰雲樹は近づいて来たが、用心深く間合いの外で足を止めた。その扇が動くたびに、劉欣の手足から血しぶきが飛ぶ。だが劉欣は表情も変えず、微動だにしなかった。

「天下に轟《とどろ》く胡蝶といえども、大したことはありませんね。やはり逃げ出した男では正統の強さを失っているのかな」

灰雲樹は劉欣の手から吹き矢筒を叩《たた》き落とし、その意外な重さに驚きつつ、中を覗《のぞ》き込んだりしている。

「私の故郷には一つのことわざがありましてね。十人に一人の男が兵になれる。百人に一人の男が将になれる。千人に一人の男が大臣になれる。万人に一人の男が間者になれる。そして百万に一人の男が王となれる」

灰雲樹は地面に落ちている吹き矢を筒に詰めると、劉欣に狙いを定めた。

「慣れていませんが、こうですかね」

と言いつつ、放たれた矢は狙い過《あやま》たず劉欣の右肩に食い込んだ。

「おや、うまく当たった。ではもう一本」

左肩にも矢は突き立った。

「百万人に一人の男に、一万人に一人の男が忠誠を誓う。これが私の強さですよ。帝王のために働くことがどれほどの快楽を与えてくれるか。それがあなたには理解できない」

灰雲樹は三本目の矢を筒に詰めると、膝上《ひざうえ》の急所へと打ち込んだ。

「痛いでしょう？　でも膝をつくと手首と足首が斬《き》れますよ」

劉欣は表情こそ変えないものの、膝を斬られて足を震わせている。それを見て嬉《うれ》しそうに笑みを浮かべた灰雲樹は、また次の矢を入れた。

「確か吹き矢には毒が塗ってあるんですよね。ご自分の用意した毒で気分が悪くなるというのも、乙なもんでしょう。意識が飛んでからではつまらないから、目もやっときましょうかね」

劉欣の左目に筒先を合わせ、息を吸い込む。その時、劉欣が何か呟《つぶや》いた。

「何です？　負け惜しみくらい聞いてあげますよ」

筒を下げて灰雲樹はにやにやと嫌らしい笑みを浮かべた。

「犬にも色々といる。胡蝶の連中もお前と同じように何かに仕えているかもしれないが、お前たちとは違う。仕種まで真似《まね》るほど王にもたれかかると、実に見苦しい飼い犬になるのがよくわかったよ」

灰雲樹はさっと顔色を変えたが、すぐに平静に戻した。

「ラクスの志は美しい。その国も民も、仕える者たちも全て美しいのだ。負け惜しみといえども、侮辱することは許さん」

灰雲樹が再び吹き矢筒を構えても、劉欣は怯《おび》えを一切見せない。

「何せお前と違って、俺には頼るものがないんでな。起こり得ることを一々自分で考えなければならんのだ。その結果も全て己に返ってくる。そんな俺だからこそ、わかることがある。お前が恐れを知らず戦うのは、ラクスへの忠誠などではない」

怖いからだ、と劉欣は断じた。

「そんなわけがないだろうが！」

灰雲樹は目を剝《む》いて叫んだ。

「喚《わめ》かねばならんほど、胸の底を抉《えぐ》られたんだろう？　ラクスの意に沿わぬ者たちを始末しながら、お前は自分がいつそうなるかと震えていたはずだ。ラクスのために懸命になるだけでなく、結果も出さなければならない。出さなければ、お前が黄銅革のように国を追われ、そして殺される。愛されていようと追われようと、結局犬に変わりはない」

顔を歪《ゆが》めた灰雲樹は吹き矢を投げ捨て、扇を振る。再び無数の銀糸が伸びて、劉欣の体に絡《から》みついた。

「私がこれを一振りすれば、あなたの体など肉片になって飛び散るのですよ！」

「やってみるがいい」

だが、劉欣の挑発に扇を振ろうとした灰雲樹の頭を、小さな矢が貫通した。わずかに開いた劉欣の口から、ごく細い矢筒が覗いている。

「……馬鹿な」

「馬鹿はお前だ。手足が無くなろうが、命ある限り相手を殺す機会を探し続けるよう育てられたのでな。耳触りのいい志とやらで有頂天になってる貴様とは、間者としての仕込みが違う」

灰雲樹が倒れると共に、銀糸も扇に戻って風に舞い飛んで行った。

3

僕僕はいつも通り、淡い青色をした道服を身にまとっている。涼しい風が西から吹いて、その豊かな髪を乱すのを、ラクスは美しい遠景でも愛《め》でるような表情で眺めていた。

近寄って触れようと手を伸ばす。すると僕僕はすっと身を遠ざける。

「あなたの何が、私を遠ざけるのだ」

ラクスは落胆の表情を浮かべて肩を落とした。

「遠ざけているわけではない。ボクは心のまま自然に生きている」

「わかっているさ。ではあなたの心は、私に触れられることを厭《いと》うているのか？」

「もしそうなら、キミの申し出を受け入れなかっただろう」

「それもそうだね……」

ラクスは力なく言葉を返すと、椅子《いす》に腰を落とした。

がらんとした大天幕の四方には祭壇が設《しつら》えられてあり、花と香が手向けられている。

僕僕が供えたものだ。

「あなたも古き神の前に膝をつく者か」

いささか失望をあらわにして、ラクスは訊《たず》ねたものだ。だが僕僕は、それに対して否定も肯定もしなかった。日々、花を摘んできては手向け、香を焚《た》いては瞑目《めいもく》した。

ただ数日後、

「ボクは別に神仏を敬しているわけではない。己を包む天地を恐れ、謝する人々の心に敬意を表しているだけだ。その敬虔《けいけん》な心が向けられる物をおろそかにしたくない」

とだけ言ったものだ。

不意に一人の男が、天幕の外から声をかけてきた。門番もいない大天幕の扉は、ラクスが許可をすれば誰が開いてもよい。入ってきた男たちは、ラクシアの民の常と変らず、深緑の馬上服を身にまとっていた。

だが、その男が連れている者たちの姿を見てラクスは顔をしかめた。

「まだ古き世界に心を囚《とら》われている者がいるんだね」

男が連れて来た少女たちは色鮮やかな衣を身につけて、顔を青ざめさせ震えている。

「ラクシアにそのような華美な衣はいるのかな」

そう続けたラクスの声は激高もしていなければ、問い詰めるわけでもない。だが少女たちは膝をつき、歯を鳴らして言葉を発することも出来ない。

「必要なのか？」

もう一度訊ねても答えのない少女たちを前にして、ラクスはため息をついた。

「この者たち、悪《あ》しき世界の華美な衣を好むこと甚《はなは》だしく、何度たしなめても行いを改めようとしませんでした。それに加え、薄妃どのたちが作る衣を他の娘たちにも配って回るなど、到底看過することは出来ません」

「そうか……」

ラクスは目の前で跪《ひざまず》く者たちを見つめた。気を失いそうになりながら、少女たちは小さな声で慈悲を乞《こ》う。

「私の何が、それほど怖いのだ」

「ど、どうか私をラクシアに置いて下さいませ。私はただ、薄妃さんが作った衣を皆で着て、街を華やかにしたかっただけです」

「その衣を全《すべ》ての者が着られるようになるまでに、どれほどの時間がかかる。衣を手にする順番のために、娘たちはどれほど長い間、互いを蹴落《けお》とさなければならないのだ」

「し、しかし薄妃さんも蒼芽香さんも、ものすごい速さで衣を作ってくれています」

「そんな日の前だけのことを言っているのではない。ラクシアは日々大きくなっている。商いを通じてわが志に共鳴し、ラクシアの民となることを願う辺境の人々の数も増える一方だ。そこには富める者も貧しい者もいるだろう。もちろん、美しく装《よそお》う女たちの気持ちは理解できるが、人に区別を設けていては、不公平がまかり通る古き天地を変えることなど出来ないのだよ」

静かな声は巨大な重石《おもし》となって、少女たちの上にのしかかるようだった。

「この者ら、追放すべきです」

連れて来た若者が険しい声で言った。

「本来は、よそから来て害毒を撒《ま》き散らす者どももラクシアから追い出したいほど」

「口を慎め」

ラクスの言葉に、若者は顔を青ざめさせて俯《うつむ》く。

「外から誰か来たからといって揺らぐようでは、天地に天然自由な人々の世を作ることなど到底出来ない。全ての法はなく、全ての人は等しいと、それぞれの心の中に強く思わなければ成り立つものではない」

「しかし、敢《あ》えてかき回す者を国で養うのは反対です。あなたの志に絶対の忠誠を誓う我々の心にも応《こた》えて下さい」

その言葉を聞きながら、ラクスは眉間《みけん》に指を置いて揉《も》んだ。

「国に馴染《なじ》まぬものは外に出して下さい。出さなければ、純良な心ですらいつしか穢《けが》れていってしまう。あなたも我らと同じ心をお持ちのはずでしょう」

若者は透き通った瞳《ひとみ》でじっとラクスを見つめている。

「その瞳の光、私に最初の心を思い出させる。華も夷《い》もない、富も貧もない国を作るために、南西の山間《やまあい》に楽天地を作ろうと根を下ろしたのだ。わかった。国を出てもらおう。華美な衣が許される場所は、他にいくらでもある。お前たちはもうラクシアの民ではない！」

くずおれる娘たち。泣き叫ぶくちびるは、男の力で抑え込まれていた。だが、天幕の外から新たに数人が加わった若者たちに引きずられるように、少女たちが天幕から出ようというところで、

「待て」

と僕僕が声をかけた。

「その子たちを放すのだ」

「お断りします」

若者の一人は冷たい声で言い返す。

「この国は人の害にならない限り、心のまま自由に暮らしてよいという掟《おきて》があるはずだ」

「そんなことはわかっている。だが、何よりもラクスの命が優先される。ラクスが今、この者たちを追放せよと命じた。だから我らは従うのみだ」

僕僕の雰囲気が急に変わった。それを目の当《ま》たり《あた》にした若者は少女よりも激しく震えだし、だが恐怖に屈することなく睨《にら》み返した。

「あ、あなたに従う理由はない」

「ボクはお前などよりもさらに大きな自由を持っている。そうしたいと思うことをボクは、実現させる力を持っているのだ」

若者は思わず、腰に提げている短剣の柄《つか》に手をやった。

「よい、わが妻の言う通りにするのだ」

ラクスが割って入った。

「しかし……。ラクスの言葉はそれほどに軽いのですか！」

「わが言葉に従うというラクシアの掟だけが大切だ。お前は私が命として発する言葉に反するのか？　もしそうなら、お前も国を出てもらう」

若者は歯を食いしばって、出ていく。おろおろしていた少女たちは、大丈夫だからお帰り、という僕僕の言葉に安心したように頷《うなず》くと天幕を後にした。ラクスは肩を落とし、大きくため息をついた。

残された二人はじっと黙りこみ、やがてラクスは僕僕の杯に酒を満たす。

「皆が戸惑うようなことはしないで欲しい」

呻《うめ》くようにラクスが言う。

「戸惑うことも、人の心にとって大切だ。戸惑いを経て初めて、人は新しい何かに慣れていく。キミのように焦《あせ》っていては、人は戸惑うことも許されない」

「戸惑っている間に、滅ぼされる人々もいる。あなたは知っているはずだ。そうやって滅んだ辺境の民たちが、これまで数えきれないほど多くいた」

僕僕の表情が愁《うれ》いで曇った。

「遥《はる》か昔、大きなうねりの中で、そうして消えていった者たちをボクも知っている。かつての過《あやま》ちを繰り返してはならない。そのために、僕は弁と一緒に旅をしてきた。しかし、今のキミはとても危うい。危ういんだよ」

ラクスは苦しげにこめかみを指で押えて、小さく頷くのみだった。

4

だから、と僕僕は厳しい声で続けた。

「キミに確かめたいことがある。ついて来てくれ」

僕僕は天幕の外に五色の彩雲を呼び出し、ラクスに乗るように促す。彼が腰かけても、雲が彼を落とすことはなかった。僕僕の懐《ふところ》から第狸奴《だいりど》が飛び出し、ラクスの頭にじゃれついた。

「これはかわいい」

目を細め第狸奴と遊ぶラクスを見て、僕僕の表情は優しいものに変わる。

「ボクを古くから知るこの彩雲も第狸奴も、こうやってキミに心を許す」

「でも王弁くんや薄妃さんたち、新しい仲間は私を拒む」

「拒んでいるわけではない。心を開けない何かがあるだけだ」

「そしてあなたもそうだ」

「だから閉じた部分を開く前に、確かめておきたいことがあるんだよ」

「何故《なぜ》？　あなたなら、私の心の奥底まで見通せるはずだ」

「見えない。キミの心を見通そうとする時、ボクの心は曇る」

「それは私の想《おも》いと志が、あなたの中にある古き場所を揺さぶるからか」

「……そうかも知れないね」

僕僕は彩雲を進ませ、ラクスを国全体が見渡せる岩山へと連れて行った。山の向こうには漢人の捕虜たちが働かされている銀山があり、その東側の麓《ふもと》には茨《いばら》で囲まれた荒涼とした一角があった。

黒い羽を持つ巨大な禿鷹《はげたか》の群れが突然の来訪者に驚いて飛び立ち、その羽が巻き起こす風はここまで生臭いにおいを運んできた。

「ここがどうかしたの？」

ラクスは首を傾《かし》げて僕僕に訊ねる。

「どうかしている場所だ、ということをキミの心はわからないのだな」

僕僕は懐から短剣を取り出すと、一振りする。挹比《きょひ》の剣《けん》は美しい輝きを放ち、横に軽く薙《な》いだだけで茨はあとかたもなく消え去った。剣を鞘《さや》に収めた僕僕は、茨の先に見える無数の土饅頭《どまんじゅう》の前に花を一輪ずつ置いて回る。

「光の国になじめなかった者たちが旅立った先が、真っ暗な土の下というのは皮肉なものだな」

「仕方ないよ。人が暮らせば塵《ちり》が出るように、人が生きている限り、その心には澱《おり》がたまる。澱をうまく捨てることが出来る人はいいけど、そうじゃない者は周りに害毒を撒き散らすんだ」

「心に澱がたまるのは当たり前のことだよ」

僕僕は諭すように言うが、ラクスは首を振って否定した。

「人の心が澱をためずにおれないのなら、澱を生まない心を持つ人を育てるまでだ。そんな清らかな人々で満たされた世を作りたいのだ」

「……無理があるよ」

「私は人の美しさを信じているが、汚れに染まる弱さもある。汚れは汚れを呼んでこびりつき、黴《かび》は黴を呼んで広がる。だが常に清く保っていれば、わずかな汚れがついたところで拭《ふ》き取ることが出来るし、黴の広がりも抑えられるのだ」

「それは道理ではあるが……」

僕僕はゆっくりと歩きながら、小さな土盛り一つ一つに触れていった。頭上に聳《そび》える衝立《ついたて》のような岩山から小さな岩が落ちているのが見え、微《かす》かに地響きがした。

「では、ここに眠る人たちは、キミのいう汚れや黴に満ちた心を持っていたということか?」

　そして一つの土盛りの前に身をかがめる。まだ新しいらしく、土が湿っていた。

「あなたも医薬に詳しい仙人だからわかるはずだ。病の中には、隔離しないとさらに大きな害悪を及ぼすものがある」

「ここに眠ることになったのは病の源ではない。人だ」

「国は一つの命と変わらない。国を命とするなら、人はその命を形作る血肉、筋骨になることも出来れば、害をなす病ともなる。だから、病の源となる気配があれば速やかに切り離さなければならない」

「疑問はないのか」

　僕僕の厳しい視線を、ラクスは正面から受け止めたが、耐えきれず目を逸《そ》らす。

「ない。私はあるべき世を目指して進んでいる」

「では何故、追放だと偽って、このようなことをするのだ」

　僕僕の背後で土盛りが一つ崩れ、その中から一つの遺体がせり上がってきた。半ば腐乱しているが、まだ辛うじて原形を保っている。僕僕が旅の途中で出会った、漢人追討の部隊を率いていた黄銅革《おうどうかく》の変わり果てた姿であった。

「彼はしくじりの償いをするために国を出るのだと言っていた。だが彼は、このような姿でここにいる」

「彼はラクシアのことを知りすぎている」

「知られて恥ずかしいことがあるのか」

「一つもない。だが我が国はまだ、生まれ出て間もない赤子に等しい。だから、好むと好まざるとにかかわらず、既に世の穢れを知った人々に支えられている部分もある。そして国を出た黄銅革が我らに害を為《な》そうとする者の手に落ちたら、今度は我らへの刃となって向けられるかも知れない」

「だからといって命を奪うのか？」

ラクスは困ったように美しく尖《とが》った鼻先を掻《か》いた。

「私はただ、より大きな犠牲を避けたいだけなのだ」

「……理解は、出来る」

「私は母から神話として聞いている。遥か昔に、今の私の理想と同じ試みがなされたという。あなたもそこにいた。そうなんだろう？」

だが僕僕は反論した。

「同じではない。かつてと今とでは、神仙も人も変化している。かつて失敗しているのに、過ちを繰り返しても無駄に命が損なわれるだけだ」

「過ちを繰り返すのとは違う。私はかつてと異なる方法で、同じ試みに挑んでいる。私の考え通りに進めば、ごく少ない犠牲で天地を変えることが出来る。図抜けた道力を持つあなたであれば、私の正しさがわかるはずだ」

僕僕は黄銅革の遺体をゆっくりと土の中に戻し、

「眠っているところをすまなかったね」

と謝って盛り土を作り直した。そして香を焚《た》き、花を供える。やがて背中を向けたまま、僕僕は言葉を継いだ。

「確かにボクは神話の時代、キミと同じ志を抱いて命を賭《か》けた者を知っていた。その者は誰よりもボクに近い場所にいた、友であると同時に兄であり、夫であった」

そう囁《ささや》いては目を閉じて、

「もしキミの理想が本物なら、ボクはキミを守らなければならないね。かつて彼がボクを守ってくれたように、全てをなげうって」

そう自らに言い聞かせるように、呟《つぶや》いた。

# 第七章　拠比の剣

## 1

炉の火は一晩中燃え続け、新たに調達された水と食料、そして王弁の処方した薬によって力を取り戻し始めた人々の間で、怒りが渦を巻いていた。やがて炉の火が鎮《しず》まるにつれて、人々の間に漲《みなぎ》る熱は上がり、炉の前に築かれた祭壇の前には新たな炎が灯《とも》っている。

「こんな所にはもういられねぇ」

立ち上がることの出来るようになった漢人捕虜たちは、陳慶《ちんけい》に激しく詰め寄る。

「仲間が多く死んだ。全滅するくらいなら、ラクシアの蛮人どもを皆殺しにしてでも帰る」

漢人たちは、陳慶たちも義陽蛮《ぎようばん》であることを忘れて激していた。

「こいつら……」

石応《せきおう》は病が去った途端に態度の変わる漢人たちに激怒し、

「先にこいつらから殺しちまおうぜ」

と陳慶に持ちかけるほどであった。だが陳慶はそれを宥《なだ》め、

「今は漢だ蛮だと言っている場合ではない。漢人部隊の連中にこちらの指図を聞かせるには、この勢いをうまく使うのだ」

陳慶は起き出してきた王弁を出迎えた。義陽の人々も薬師としての腕を見せた王弁に、敬意をもって目礼する。

山の様子は既に、戦の前に似た興奮の中にあった。炎が燃え盛る祭壇の前では、監視役としてラクシアから派遣されていた若者たちが縛り上げられている。

驚いた王弁は陳慶にどうなっているのか訊《たず》ねた。

「これからこいつらを血祭にあげて神に捧《ささ》げ、帰還の景気づけにするのだ」

それを聞いた王弁は縛られている者たちに近づき、縛《いまし》めを解く。

「何をする！」

人々は激昂《げきこう》するが、王弁は構わず彼らをラクシアへと戻した。

「皆さんはどうしたいんです？　自分たちを捕まえたあの人たちを殺せば気が済むんですか」

王弁の声は重く沈んでいた。

「そうではない。だが奴《やつ》らは仲間を殺し、私たちをこんな山の中で働かせた。ここでも大勢が死んだ。その怒りを鎮めないと前には進めない」

陳慶も厳然とした声で言い返した。しかし王弁は怯《ひる》まなかった。

「進めます。彼らを殺せば、彼らの仲間があなた達を狙《ねら》いますよ。家に帰りましょう。俺は言ったはずです。ラクスを動かせる人間をよく知っている、と」

一同は顔を見合わせる。陳慶も額に血管を浮かびあがらせて王弁を睨《にら》んでいた。

「生きて故郷に帰ることが、陳慶さんたちにとっては何よりも大切なはずです。俺は薬を作り、飲ませる人を選び、そうして今日に至りました。皆さんは、いや俺たちは、薬を与えられることなく世を去った人たちの悔しさを忘れてはなりません」

「なるほど……」

陳慶は顔を紅潮させたまま仲間たちの方を振り向き、

「この挙にあたって、私はこの王弁の指示を聞くと決めた。こいつに従って以来、山に閉じ込められた我らに希望が生まれたのは知っての通りだ。地獄の底まで従うつもりだ。異論はないか！」

と衆に諮《はか》る。一同もしばらく顔を見合わせていたが、やや腰砕けな気勢でそれに応《こた》えた。

「みんな今一つ乗り切れないようだが、王弁よ、何か策はあるのか」

「ラクスに頼みに行きます。皆さんが故郷に帰ることの出来るように。きっと彼は、俺との交渉に応じるはずです」

「根拠は？」

「ラクスの妻となっている人には、俺たちの想《おも》いが通じるはずだからです」

陳慶は人差し指をこめかみに当て、くるくると回して見せた。

「まだ寝ぼけているのか？」

「先生はラクスに取り込まれるような、軽薄な仙人じゃない。皆さんを帰せるよう、説いてみます」

「答えになってないぞ」

　心配げな陳慶をよそに、王弁は迎えに来た吉良《きら》の背にまたがった。

「ラクスがやろうとしていることは、確かに凄《すご》い。もしかしたら、皆が幸せになれる道を彼は探りあてたのかもしれない。……でもやっぱりおかしい。納得できないんですよ」

「相手にされないかも知れないんだぞ！」

　一喝して、陳慶は彼を押しとどめようとする。

「そんな悠長なことをするより、私たちと共に戦ってここを切り抜けよう。お前は私が必ず守って、故郷まで送り届けてやる」

　陳慶に礼を言った王弁は、鞍《くら》の上から拱手《きょうしゅ》する。

「でも俺はまだ、旅の途中なんです。誰よりも大切な人と何よりも楽しい旅路は、まだこれからなんです」

　馬首を再びラクシアに向ける。

「もう少しだけ、ここにいてくれますか。ラクシアに攻め入るかどうか、俺が帰ってくるまで待って欲しいんです」

「そんな甘いことで皆が納得すると思うか。もしラクスがお前との交渉を拒んで、我らを殺そうとしたら何とする」

「その時は……」

王弁は考え込み、そうならないよう何とかします、と頼りない声で答える。男たちからは不平の声が上がったが、陳慶は辛うじて黙らせた。

「わかった。でもお前が失敗したら、皆もう止まれないぞ。たとえ死ぬことになろうと、故郷に帰るために全力を尽くす。光の都だか何だか知らんが、必要なものを奪ってでも国に帰る」

首領の言葉に一同が鬨《とき》の声を上げて応えた。王弁はこくりと頷《うなず》き、ラクシアへと吉良を進めた。

山を一つ巻いて街を見下ろす高台に出ると、いつも通り整然として美しい白い街が見えた。王弁は気持ちを集中させようと試みる。体の中にあるはずの仙骨は、不思議な力を与えてくれる気配は見せなかった。

「本当に大丈夫なのか」

「さあ……」

鞍上《あんじょう》で王弁が首を捻《ひね》ったので、吉良は驚きのあまり目を剝《む》いた。

「あんなに自信満々だったのにそれか！」

「だってああでも言わないと、陳慶さんたちラクスの所まで殴りこみに行きそうだったじゃない。つるはしくらいしかないのに、皆殺しにされちゃうよ」

「それはそうだが……。約束を守れないと今度は主《あるじ》どのが危ないぞ。いよいよ駄目となったら私と逃げよう」

だが王弁は礼を言って断った。

「陳慶さんたちをがっかりさせるわけにはいかないし、ラクスが皆に危害を加えようとするならそれも止めないと」

「……ただ人が良いだけでは命を縮めるぞ」

「まだ生きてるから、大丈夫なんじゃないかな」

「本当に危ういお人だ。私はあなたの騎馬だから、決めたことには従うが」

諦《あきら》めたように吉良は首を振る。

程なくして、吉良は道の真ん中に座り込んでいる人影を見て足を止めた。劉欣《りゅうきん》がひどい傷を負って苦しんでいる。王弁は、すぐに吉良から降りて駆け寄った。懐《ふところ》から膏《こう》薬《やく》を取り出して塗り、衣を裂いて傷を縛る。

意識はあるらしい劉欣は、王弁の手当てする様子を、まるで他人事《ひとごと》のようにじっと見ていた。

「太平楽な顔をしやがって。尻《しり》ぬぐいするこちらの身にもなってみろ」

「な、何のこと？」

「お前がラクスの所に直談判しに行くのが気に食わない連中がいる。そいつらを掃除をするのに手間取った、ということだ」

劉欣が血に染まった手で指した方向には、一人の若者が倒れていた。深緑色の間者衣を身に着けている。

「誰が教え込んだのか知らんが、胡蝶《こちょう》にもひけを取らない使い手だった。おかげで俺もしばらくは動けん。後は好きにしろ」

倒れている若者は、見知った顔であった。

「灰雲樹《かいうんじゅ》さんまで……」

「あれこそラクスの飼っている間者の頭だぞ。よくお前たちが殺されなかったものだ。あやつらは鉱山の騒ぎを知って、捕虜たちを皆殺しにしようとしていた。だから先手を打った」

懐から小さな壜《びん》を取り出して王弁に見せる。

「この毒を水源に放りこんで、山の向こうごと消すつもりだった」

「そうだったんだ……」

応えつつ、王弁は若者の顔に触れ、無念の形相で空を睨んでいる目を閉じた。

「あいつほどの使い手でなくても、街のあちこちに潜んだ連中が街の声を吸い上げてラクスに報告し、危険な考えを持つ者がいれば秘《ひそ》かに捕えたり圧力をかけて黙らせていた。ラクスの方針に合わない者は国を出ていく、などと抜かしていたがそうではない。国を出たところでこいつらの手にかかって死んでいる」

王弁は黙ったまま、再び劉欣のところに戻って手当てを続ける。

「お前、あの馬と逃げろ。今すぐに、出来るだけ遠くへ」

聞こえるか聞こえないかほどの小さな声だ。

「どうして？」

「仙人の力を借りられないお前には誰も倒せない」

「誰かを倒しに行くわけじゃない。でも、吉良も劉欣も俺に逃げた方がいいって言うんだね。俺もみんなの立場だったら、きっと同じこと言ってるだろうけどさ」

「お前には足りないことが多すぎる。何かと戦うにも何かを守るにも、不十分だ」

「……今日の劉欣はよく話してくれるね」

「うるさい。さっさと行け。俺は少し休ませてもらう」

ふん、とそっぽを向いた劉欣に頭を下げ、王弁は再び吉良に跨《また》がる。その背中に劉欣が声をかけた。

「お前が死ぬ時は俺が殺してやる。それまで死ぬな」

一度足を止めた王弁だったが、振り返らずに先を急ぐ。

街に入ると、人々の様子がおかしかった。奇妙な緊張感の中に、華やぎが渦巻いている。よく見ると、色鮮やかな衣を持った薄妃と蒼芽香《そうがこう》が、それを街の女たちに配って歩いていた。

「あら、王弁さん」

薄妃が王弁の肩にも、美しい藍《あい》で染めた絹布《けんぷ》をふわりと掛けた。

「何の騒ぎです？」

驚いて王弁が訊ねると、いたずらを見つかった少女のように楽しげな笑みを薄妃は浮かべた。

「せっかく光の都なんですから、もう少し輝かせようと思ってね」

「大丈夫なんですか？　さっき劉欣がひどい怪我《けが》をしてましたけど」

王弁は劉欣から聞いた一部始終を話すと、薄妃はやっぱりね、と嘆息を漏らした。

「ま、どこの国でも後ろ暗いところの一つや二つあるわよ。私たちの衣を気に入って、ラクス王が新たな喜びを見つけてくれれば、また変わるんじゃないの？」

薄妃は王弁の首に絹布を美しく巻いた。それは出征する兵士が身につける肩かけにも似ていた。

「先生のところに行くんでしょ」

王弁が頷くと、薄妃はにこりと笑って肩を叩《たた》いた。

「あなたの花道、一人で出て来るか二人で戻って来るかわからないけど、それまで精一杯綺麗《きれい》に彩《いろど》っておいてあげるわ。でもね……」

駆け寄ってきた幼い女の子に衣を渡してやりながら、薄妃は微笑《ほほえ》んだ。

「今回は待ってあげなくちゃだめ」

「何故《なぜ》です？」

薄妃は王弁の肩に両手を置いた。

「女の過去ってね、案外強敵なのよ」

「過去？」

「先生ほどの仙人であっても、いや、長く生きている先生だからこそ、背負っている時間の重みは途方もないの。そして背負った時間と向き合えるのはその本人だけ」

「でも……」

「あなたは引飛虎《いんひこ》さんのように雄々しくないかもしれない。蒼芽香のように同胞たちを背負えるような気概もないかもしれない。でも一つだけ、先生を想《おも》う誰にも負けない気持ちがある。だからこそ、先生を待ってあげられるはず」

「また俺は何も出来ないんですか」

悔しそうに王弁はくちびるを噛《か》んだ。

「違うわ」

薄妃は優しい笑みを浮かべて王弁を諭す。

「あなたが待っているから、先生にはあなたという帰る場所がある」

「俺が？」

「大切な人が迷って揺れている時は、一緒に揺れてはだめ。大樹のように動かず、その人がもたれかかれるように。雨風が吹きつけている時には、その枝で覆《おお》ってあげられるように」

頑張って、と薄妃は王弁を送りだした。

吉良を歩ませた王弁は、やがて大天幕の前へとたどり着いた。街の賑《にぎ》わいから切り離されたように、天幕の周囲だけは静まり返っていた。いつも働いている若者たちの姿もすっかり消えている。

手綱をわずかに引いて吉良を止めた王弁からは、天幕の内側がどうなっているのか、全くうかがえない。王弁は吉良から降りて、一つ大きく深呼吸する。

「天幕を蹴《け》り破ってでも、行ったほうがいいのではないか」

吉良の鼻息は荒い。高原から吹き下ろして来た冷たい風が天幕の分厚い布を鳴らした。

「どういうことになるかわからないけど、先生が出て来るまで待とうと思うんだ」

王弁は穏やかな声で頼んだ。

「待つことに慣れた、のか？」

「慣れるわけないよ」

王弁は震えそうになる腹に力を入れ、天幕の前で仁王立ちになる。

「主どの、肩に力が入り過ぎだ。つわものたる者、木鶏《もっけい》のごとく動じないのだぞ」

「俺はつわものなんかじゃない」

振り返らぬまま、王弁は肩を大きく上下させた。

「先生といたいだけなんだ。だから、待つ」

そう言って、ぐっと目をつぶった。

２

天幕の奥には憤怒《ふんぬ》の形相を浮かべた神の像が飾ってあり、柔らかな明かりが僕僕のきめ細かな頬を照らしている。僕僕はどこか物悲しげな、しかし決然とした表情でラクスを見つめていた。

「あなたは私の妻となることまで承知してくれたのに、心の中の疑問をまだ消すことが出来ないでいる」

ラクスの声と共に、屋内がわずかに明るくなった。暗くてぼんやりとしていた天幕の内部が、はっきりと見えてくる。

小さな寝床が二つ、入口から見て天幕の端と端に置いてある。正面には神の像を飾った祭壇があり、その脇《わき》には古びた卓が置いてあった。天幕の中央には暖をとるための炉があり、燃料の燃える音がかすかにしている。

入口の横にはかまどが据え付けられているが、しばらく使われていないのか、埃《ほこり》をかぶっていた。王の住む家とは到底思えない粗末さは、外観も内部も変わらない。

「あなたの道連れは好き放題だというのに、あなたは止める様子もない。おかげでせっかく作った光の都もがたがたになってしまった」

ラクスは玉座とも言えない粗末な椅子《いす》から立ち上がり、祭壇にかがみこんだ。

「どうも先日から歪《ゆが》んでいると思ったら……」

祭壇の後ろに手を回してしばらくいじると、湿った音がして何かが折れた。

「やっぱり壊れていた。この辺りは湿気がひどいからね。特に天幕に暮らしていると、外の乾湿から逃れられない」

上に乗っている法具の類《たぐい》を下ろして祭壇を引っくり返すと、卓の上に置いてある小さな棚の中から木片を取り出し、釘《くぎ》と金槌《かなづち》を使って器用に修理した。

「私たちも早く中原に戻らないとね。この地は人を増やし、兵を養うには厳しい場所だよ」

「中原に戻ってどうするんだ」

僕僕の声には戸惑いとやり切れなさが混じり始めていた。

「ここに集まる人の多くは、かつて中原と呼ばれる豊かな場所に住んでいた。彼らを故郷に戻し、中原にのさばっている皇帝と、礼法だのといった面倒事を一掃する。そして、自由と自然の世を取り戻すのだ」

ラクスは静かな口調で宣言した。

「それを手伝ってほしい」

その時、銀の街がある西の方角で鬨《とき》の声が轟《とどろ》き、続いて岩が立て続けに崩れる音がした。

「あれが人の知恵の奥深さだ。どのような困難があろうと、希望を捨てずに力を尽くし、ついには山をも崩すのだ」

と僕僕が言う。

「違う。あれこそが人の愚かさだ。執着にいつまでも囚《とら》われ続け、崇高な志に気付けない」

ラクスはそう断じた。僕僕はその声に負けぬほどの強さで、

「考え直すんだ」

と迫る。

「理由がない」

「キミのやり方では、天地は変わらない」

その言葉に拍子抜けしたように、ラクスは眉《まゆ》を上げた。

「変わるさ。ラクシアの輝きをあなたも見ているだろう。何をためらっているのだ？

私とあなたには同じ志があり、志に至るための力もある。我々の手で人々の心に火を灯《とも》し、天地に新たな秩序を築こう」

「ラクス！」

夢に憑《つ》かれた人のように、楽しげに身を乗り出すラクスを制して、僕僕は声を上げた。

「どうした？」

「聞こえないのか」

「何が？」

「キミの国の内側から上がっている、人々の叫びが聞こえないのかと言っている」

それは戦いの怒号と剣戟《けんげき》の響きであった。

「聞こえるよ。でもそれがどうかした？」

「キミの志は確かに、ボクが神話の時代に仲間たちと目指したものと近い」

「だろう？　だから私には何の不安もない。周囲の雑音など、消してしまえばいい」

「違う。考えを改めてくれラクス、今ならまだ間に合う」

「違わないし、もう改める必要はない。全《すべ》ての備えが整おうとしている」

優しく囁《ささや》きながら、ラクスは僕僕の頬に軽く触れる。僕僕はその指を拒まなかった。

ラクスは安堵《あんど》の微笑みを浮かべる。

「我が妻よ、不安も疑問も余計なものなんだ。私たちの間には、同じ志しかないんだよ」

「……違う。違うんだよ」

「さあ、我らの前に立ちふさがる悪《あ》しき者たちを薙《な》ぎ払い、清浄な天地を作り出そう。私たち二人さえいれば……」

僕僕は俯《うつむ》いたまま、激しく首を振った。指を払いのけ、首を振り続ける。黒い髪が乱れ、顔を手で覆った。

「違うんだ！」

僕僕の叫びに呼応するように、天幕の四方に設《しつら》えてあった祭壇が崩れた。指の間から見えるその顔は苦しげに歪んでいた。

「一体どうしたっていうんだ。誰にも見せない表情を私に見せてくれるのは嬉《うれ》しいが、そんな顔は嬉しくないな」

「本当に……、キミは本当にわからないのか」

「時は至った。あと少しなんだよ。それで私の願いはかなうんだ」

ひときわ大きな喚声が聞こえて来た。天幕外の騒動は、さらに大きくなっている。

断末魔の叫びすら分厚い布越しに流れ込んでくるというのに、ラクスの顔は喜びに包まれていた。

「そうだ、私と共に大業を成すには、二人は一体となる必要があると思うんだ。だが一体となるには、あなたの心身には余計なものが付着しすぎている」

「余計なもの？」

顔を覆う手を外し、僕僕はラクスを見つめた。

「珍奇を好み、怠惰で、気ままな心さ。仙人となると世界を変える力は十分なのだが、そのあたりがどうにも私は不満でね」

「そうしてボクと一体となって、どうするのだ。そうすることで、理想の天地が作り上げられると本当に思っているのか」

瞳《ひとみ》を輝かせてラクスは頷《うなず》く。

「人は思うままに生きるべきなんだ。だがその前に、心を浄化しなければならない。人はそのままでは天地を穢《けが》す存在でしかない。もちろん、あなたの弟子があなたに対して抱いているような感情、そういうのもいらないね。獣を見たまえ。年に一度、交合する相手を探せばそれで事足りるではないか。人と人の間に生まれる深い愛着など、滅びの種でしかないのだよ」

ラクスはうっとりと眼を細めた。

「私は政《まつりごと》で、私と理想を共有してくれる人々を作ろうとした。だがそれには、我慢ならないほどの時間がかかった。そこにあなたが現れたのだ。まさに私の熱き志が引き寄せた僥倖《ぎょうこう》だ。この好機を生かさずして、天地を作り替えることなど出来ようか」

立ち上がったラクスは、崩れた突厥《とっけつ》の祭壇の前に膝《ひざ》をつき、そっと触れた。

「草原に放り出された私は、四方を巡り歩いた。西は波斯《はし》（ペルシャ）、大秦《たいしん》（ローマ）に至り、北は室韋《しつい》（モンゴル）、渤海《ぼっかい》に、南は真臘《しんろう》（カンボジア）へも足を延ばした」

ラクスの見たものは、中原であろうと辺境であろうと、人の住むところ必ずある光景であった。人が法に縛られ、権力を持つ者に虐《しいた》げられ、慣習に縛られ、そして立場の上下に汲々《きゅうきゅう》とする姿だ。

「そんなくだらないことのために、人は容易に人を殺す。この上なく残酷な方法でね」

「キミの母上が殺されたようにか」

「あんなものは、無数に起きた中の一例だ。私は自分だけが特別だとは思っていないよ」

「違う。キミは人々に復讐《ふくしゅう》しようとしているのだ。キミの謳《うた》い上げる理想は間違っていない。だが、キミの中にある怒りと憎しみが、形を変えて人々を苦しめてしまうことに気付くんだ」

「その怒りと憎しみがあるから、私は人々を苦しめている全てを理解することが出来たのだよ。執着を持ち、他を貶《おとし》め、互いに傷つけあう。人の心にこびりついた澱《おり》を全てそぎ落として、美しい人々の天地を作るんだ」

優しく宥《なだ》めるようだったラクスの口調に、次第に苛立《いらだ》ちが交ざり出す。

「澱があっていいじゃないか。その澱が人に喜びや楽しみを与えるんだ」

「だが悲しみや絶望も生む。私はそれがいやなんだ！」

ラクスは初めて口元を歪めた。

「人は帰るべき場所、愛すべき人、仕えるべき主君、守るべき友、属すべき一族、育てるべき子を手に入れて何を得る？ 愛する者とは別れる辛《つら》さ、仕える主君には失脚の恐怖、守るべき友には裏切りの疑惑、属すべき一族には没落の憂愁、育てるべき子には不孝の怒り……」

ラクスの言葉はさらに熱を帯び始めた。

「だから私は、人々の心から余計なものを全て消し去ってやる。それにはあなたの力が必要だと、何故《なぜ》わからない」

「わかる。だが違うのだ」

「だが心の底から違うとも、あなたは言いきれない。あなたは私の伴侶《はんりょ》だ。私から離れることは出来ないんだ」

ラクスの言葉に僕僕は弱々しく頷いた。

「そうだ、キミの理想はボクの理想に重なる……」

「感じるよ。そうは言いながら、あなたの心が離れようとしている。でも、完全に離れることも出来ないでいる。私はあなたの揺れる心のために何が出来る?」

「ボクはキミを信じるなら、曇りなく信じたいのだ」

「それは私も望むところだよ」

僕僕は躊躇《ためら》いを見せつつ、懐《ふところ》から短剣を出して卓の上に置いた。刃渡り五寸ほどの小さな剣が、ほのかな輝きを放つ。

「挹比《きょひ》の剣《けん》だよ。かつてボクと共にあり、共に同じ志を目指して戦った人の想《おも》いが込められている」

ラクスは大いに驚いた。

「そんなものが……。いや、しかしこの剣から溢《あふ》れ出る力、ただごとではない」

何度も方向を変えて見つめ、慎重な手つきで撫《な》でる。その表情はやがて喜びに包まれ始めた。

「これさえあれば……」

「欲しければ、ボクの言う通りにしてほしい」

剣を摑《つか》もうとするラクスの手から、僕僕は剣を奪い返した。ラクスは残念そうな表情を浮かべて、手を引っ込めた。

「何を確かめようというんだね」

「キミがボクと一体となるに足る者かどうか、今一度だけ確かめたい」

「用心深いことだね」

そう答えつつ、ラクスの瞳は抛比の剣に釘づけだ。

「で、どうすればいいのかな」

「この剣はボクと神話の時代に盟友だった抛比という男が持っていたもの。手にした者の心に応じて自由に姿を変える。ボクが持てば、光を放つ細き剣となるが、抛比が持てばその力と心にふさわしい静かな輝きを宿す大刀となった」

「私が持てば、私の真の姿を見せるのだね」

「ボクと共に歩むにふさわしい剣の姿を、キミは現させることができるのか」

「仙人たるあなたが、剣の証明がなければ決められないほど揺れているとはね」

「揺れているのはキミ自身も同じはずだ。自分が果たして正しいのか、自信が持てない。だからボクと一体になってその不安を消したいのだ」

ラクスは戸惑った表情を一瞬浮かべたが、すぐに消した。

「ともかく、揶比の剣が許すなら、あなたは私と一緒にいてくれるのだな」

「約束しよう」

表情を引き締めたラクスは、卓の上に置かれている短剣を手に取った。

「我が妻よ、あなたの迷いを、今こそ晴らそう」

掌中で拍動を始める剣を見て、ラクスは明るい表情になった。

「この剣に込められた力は古き魔神の息吹《いぶき》だ。人も神も、大地や空ですら切り裂けたのだ。そしてこの剣は、人の魂魄《こんぱく》にも届くに違いない」

ラクスはうっとりとした表情で語り続け、剣を、そして僕僕を見つめている。

「この剣の力を引き出すことが出来れば、あなたの魂魄についた余計な想いや愛着といった澱を全て断ち切ってやれる。あなたは生まれた時の、純粋な女神となって蘇《よみがえ》るのだ」

僕僕は目を伏せ、静かに卓の上を見つめている。ラクスは確信に満ちた表情で、ゆっくりと剣の柄《つか》を握り直した。

笑顔になったラクスは、僕僕の前に剣を突き出して見せた。

「長らく見失っていた宝珠《ほうじゅ》を懐に抱いたような懐《なつ》かしさだよ」

剣は何度か脈打つと、爆発するように四方に伸びて、ついには天幕を突き破った。

陽光が差し込み、僕僕はわずかに目を細める。しかしすぐに日差しは陰った。拠比の剣は、その深い黒を帯びた刃で、陽を隠したからである。

「おお……」

「これぞ真の魔神が持つ剣だ……」

ラクスは忘我の表情で暴れる刃《やいば》を見つめている。次の瞬間、剣は激しく身をよじり、ラクスを突き飛ばすようにしてその手から脱した。

「剣よ、私を拒むのか」

ラクスが手を伸ばそうとすると、剣はなおも逃れようともがいた。

「いや、何も拒んでいないよ」

「では何故私の手に収まらない」

「収まらないのではない。キミは正しき主《あるじ》ではないのだ」

ラクスは天を仰ぐ。

「私は何も間違ってはいないのに」

ラクスの手から離れた剣は、元の姿に戻って地面に転がった。再び天幕に日の光が降り注ぎ、高原からの風が吹き抜けていく。僕僕のつややかな髪が揺れ、そして彼女は静かに、剣をとった。

「もしキミが拠比であったなら、ボクを見てまず、名を呼んでくれただろう」

剣は微《かす》かに震えた。

「もしキミが拠比であったなら、ボクの心に瑕があったとしても、刃を振り下ろそうとすることなど、決してなかっただろう」

剣の穏やかな光はやがて眩《まばゆ》さを増していく。

「そして何より、自分を頼る人々を己の枠にはめこんで、意に従わぬ人々を追い出して殺すようなことはしないんだ。それが拠比という男だった！」

陽光の輝きを放つ剣に向かい、ラクスはたじろぎながらも手を伸ばした。

「わかった。だから……それを渡すのだ」

だが僕僕の細い指は、しっかりと剣を握って放さない。

「ボクのせいだ」

長い髪がその顔を覆《おお》って、表情を隠す。

「我が妻よ、泣いているのか」

「涙など流さない。ボクがキミの中に、古き懐かしき人の志と面影を見てしまったばかりに、キミの心に荒き波を立ててしまった」

「私が望んだことだよ」

「ごめんね、ラクス。キミは拠比とは、ボクがもっとも大切にしていた拠比とは、やはり違うんだ」

「違ってもいいではないか。私の志を理解してくれるのはあなただけだ。そしてこの天地であなたと添い遂げられるのは、私だけだ」

「ごめん！」

閃光《せんこう》を放った剣は烈風とともにラクスを吹き飛ばし、彼の体は崩れた突厥の祭壇にぶつかって止まった。

「もしキミの心が本当にボクの想いに寄り添っていたなら、この剣に拒まれることがなかったなら……」

天幕が壊れて風に運び去られ、ラクシアの中心は露《あら》わとなった。

「彼らがキミを拒むこともなかっただろう」

周囲をぐるりと取り囲んでいるのは、鉱山を脱出してきた義陽の人々と、鮮やかな衣に身を包んだラクシアの娘たち。そしてその中央に、吉良の前に立つ王弁とその一行がいた。

「遠き昔を憶《おぼ》えているボクや第狸奴《だいりど》は、キミに懐かしき面影をどうしても重ねてしまった。だが、新しき道連れたちはそうではない」

「古き繋《つな》がりを捨てるのか。心を新しき者に奪われるのか」

僕僕は小さく首を振り、すっと剣を振り上げた。

「キミはやはり、ボクの古き繋がりではないのだ。ボクがもっと早くに気付くべきだった。いや、気付いていたのに、遠い思い出に引きずられてしまった。そして剣が教えてくれた。この天地に理想を叶《かな》える者として、キミは危険すぎるんだ」

人々はしんと静まり返って二人のやり取りを見つめている。

ラクスが立ち上がる。刃の直下にありながら、その表情は不思議な安らかささえ湛《たた》えていた。

「一つ教えてくれ。もし仮に、剣が私を認めたらどうだったろう」

「それでも……」

僕僕の濡《ぬ》れ羽色《ばいろ》の瞳が、少しだけ揺れた。

「いや、それでもボクは、みんなが苦しむ姿は見たくない」

「何故《なぜ》？」

「……かつて、二人の偉大な帝王が、一つの理想を巡って戦いを繰り広げた。激しく、惨《むご》い戦いだった。あまりに美しい一つの想いを目指すことは、争いと絶望しか生まない。キミならわかるはずだ」

僕僕の答えに小さく笑ったラクスは目を閉じた。

「あなたがあなたであるように、私もまた私であることをやめられない。認められなければ、滅ぼさなければならないんだよ。その拠比の剣で私を斬《き》れば、あなたはまた、新しい仲間との旅を続けられるよ」

「出来ない……」

「やるんだ。でなければ、私はこれからもあなたの夫だと、世に喧伝《けんでん》して回ってやるぞ」

「ラクス！　もう一度、最初からキミの志を辿《たど》り直せ」

「それは出来ない。斬るがいい」

僕僕は刀を振りかぶったまま、動かなかった。高原からの風が二度、彼女の髪を揺らした後、刃が鋭い音を立てて、風を切った。

# 終章

一頭の駄馬にまたがった僧形《そうぎょう》の男が、一夜前まではラクシアだった場所を後にするのを、王弁は複雑な面持ちで見つめていた。

吐蕃《チベット》の薬師であり、鉱山に蔓延《まんえん》した銀の病と共に闘ってくれたドルマは、去り際《ぎわ》に気になることを言っていた。

「それにしても王弁さんの調薬術は凄《すご》いですね」

ドルマは感心して王弁の肩を叩《たた》いた。

「そ、そうですか？」

誉《ほ》められて悪い気のしない王弁は頭を掻《か》いて照れた。これまで同業者に陰口を叩かれることはあっても、誉められることなど無かったからだ。

「そうですとも。山の病は私も見たことがある。その毒は体外に排出するとしてもかなりの時間がかかるし、必ずしも薬効が表れるとは限らないのだ。だが王弁さんの薬は数こそ足りないものの、見事な効果を発した。しかも信じられないほど迅速に。それが仙人から授けられた秘術というやつなのですね」

「は、はあ……」

尻《しり》のあたりがむず痒《がゆ》くなってきた。

「私は一度国に戻って、王弁さんに負けないような薬師の腕を身につけてきます。吐蕃へお立ち寄り下さい。薬の道はまだまだ奥深い。さらに精進し、いずれは私の師になっていただけるとありがたい」

最上級の讃辞《さんじ》を並べて、ドルマは去って行った。

実際、銀の街で必死に治療にあたった結果は、言われてみれば出来すぎな程だった。

「ま、火事場の馬鹿力《ばかぢから》ってやつじゃないの」

「……実力です」

目の前で艶《つや》やかな黒の髪がなびいている。甘い杏《あんず》の香りに向かって、王弁は言い返した。

「謙虚さがないと腕は上がらないよ」

高原からの風が吹き、さっと視界が開けた。王弁の頭上すぐそばに、彩雲に乗った僕僕がいる。

光が失われた光の都からは、人影も消えていった。王弁は街全体が望める高台に座って、また一つの家族が去って行くのを眺めている。深緑の馬上服を捨て、薄妃たちが織り上げた色鮮やかな衣を着ている者が多いだけに、人が出ていくたび逆に街の景色は寂しくなった。

「ラクスがいなくなると呆気《あっけ》ないもんですね」

「代わりに考えてくれる頭がなくなって己で考えるようになると、ここに集まっていることの危うさに気付いたのだろう。それに劉欣が散々に街の人々を脅かしたようだからな。間もなく漢人の大軍勢がやってくると言われれば、逃げ出さずにはおれんだろ」

そこに陳慶《ちんけい》が石応《せきおう》と丘沈《きゅうちん》を連れてやってきた。

「何か面白い物を見つけた、という顔をしているな」

「ああ、面白い、というより恐ろしかった」

彼らは鉱山で働かされていた時の麻服ではなく、正規軍としてこの地に向かっていた時の甲冑《かっちゅう》を身に着けていた。町はずれの森の中に巨大な倉庫がいくつも建ち並んでおり、その中に没収された装備が収められていたのだ。

「手入れも行き届いていて、すぐにでも使える状態だった。使う予定がラクスにはあったのかもしれないな。別の倉庫には武具だけではなく、数万の軍勢を養えるだけの食糧、そして我らが掘り出した銀が山と積まれていた」

なるほどな、と僕僕は頷《うなず》いている。

「キミたちはどうする？」

「故郷へ帰還する。準備も整った」

陳慶が街を指す。そこには既に整列を終えた部隊が帰還の指令を待ちかねている。だが僕僕は不思議そうに首を傾《かし》げた。

「やけに少なく見えるな」

「ああ、そのことなんだが」

顔をしかめた陳慶は、漢人の兵士たちは彼の下にいることをよしとせず、勝手に東に向かって出立してしまったのだ、と説明した。

「銀山では皆一緒に苦労したのに、帰るとなった途端に蛮夷《ばんい》の命など聞けるか、と偉そうに言ってやがったよ」

忌々《いまいま》しげに石応が舌打ちする。王弁もせっかくの喜びに冷水をかけられたような気がして顔をしかめた。

「長年の間に凝り固まった心を変えるのは、たやすいことではないよ。苦境にあれば我慢できても、そうでなくなれば耐え難く感じてしまう。切ないことだが、それも真実だ」

僕僕の言葉に、陳慶も頷いた。

「ともかく、この辺りの反乱は鎮《しず》まった。復命してもとの生活に戻る」

「ご苦労だった。それにしても随分見通しが良くなったものだ」

僕僕は街の西に目をやる。ラクシアと銀の街を隔てていた巨大な岩山は崩壊し、高さが半分ほどになっていた。

「光の街と銀の街を隔てる忌々しい山だったから、崩してやったよ」

丘沈が得意げに胸を張った。小柄な体を銀の甲冑で包み、美しい装飾を施した大剣を背負った姿からは、病で苦しんだ痕《あと》はもう見えない。

「気心の知れた者たちだけで、山のあちこちに穴を掘りまくったんだ。それこそ、一つきっかけを与えれば崩れる位にな。しかし見事な崩れっぷりだよ」

陳慶は感心して大量の岩屑《いわくず》を見上げた。

「愚公移山《ぐこういざん》というが、賢者倒山とでもいってもらいたいもんだ」

と石応はそっくりかえらんばかりに顎《あご》を上げて誇った。

「口を慎め。己の賢を自慢する奴《やつ》を、本当の愚者というんだ」

陳慶が石応の肩をどやしつけてたしなめた。

「では元気でな。あんたらの旅も大変そうだが、義陽《ぎよう》の近くまで来たら必ず立ち寄ってくれ。王弁と私たちはもう苦楽を共にした仲間だし、多くの命を救ってもらった」

「でも俺は全員を助けることが出来なかった……」

「結果を悔やんでも何にもならない。私たちは皆、お前に感謝している。そのことを誇ってくれることが、逝《い》ってしまった者たちへの供養《くよう》にもなるのだ」

そう陳慶に諭されて、肩を落としていた王弁はようやく気をとり直す。

「キミたちの旅路が平安であることを祈っている」

はなむけの言葉を贈る僕僕と王弁に一礼して、陳慶たちは部隊に戻った。そして義陽蛮を中心とする一軍は、粛然と東の森に姿を消した。

さらに人気のなくなったラクシアの方々から煙が上がり始める。倉庫のあったと思《おぼ》しき森の奥からも白煙が立ち上っていた。ラクシアを去る人々の中には、かつての楽園に火を放って別れを告げる者もいたのだ。

僕僕は彩雲の上に胡坐《あぐら》をかいて頬杖《ほおづえ》をつき、煙の筋を見ながら大きなため息をついた。

「いかんなぁ。易《やす》きに付いて損をするとはこのことだ」

「何か損をしたんですか？」

「心情としてはな」

僕僕は酒壺《さかつぼ》を取り出すと、やや乱暴に杯をあおった。

「先生、剣をわざと外しましたね」

王弁は訊《たず》ねた。

「キミは目の前でラクスの首が飛ぶところでも見たかったのか」

「そんなわけじゃありませんけど」

「斬《き》ればキミの気が済んだかな」

「そういうわけでもないです。ほっとしたんです。先生がラクスを斬らなくて」

「何故《なぜ》？」

理由はよくわかりません、と王弁は困ったように答えた。

「俺、途中から本当にあの人嫌いだったんですけどね」

「ふうん。興味深いことを言うじゃないか。どれだけ時を経ても、根元にあるものは変わらず、通じ合う。だが、どう時を経たかで大きく変わってゆくのだな」

愉快そうに目を細めた僕僕は、王弁に杯を渡した。

捄比《きょひ》の剣《けん》は、再び王弁の懐中にあった。

ラクスの前で剣を振り上げた僕僕は、結局刃《やいば》を使わなかった。僕僕が剣をしまうと、ラクスは立ち上がり、黙って人々の間を抜け、ラクシアを後にした。誰もがその姿を黙って見送り、罵《ののし》る者もいない代わりに、惜しむ声も飛ばなかった。

ラクスが姿を消すと、僕僕はただ一言、

「ラクシアは解散だ」

とだけ宣言した。もともとこの地に暮らしていた人々は天を仰ぎ、鉱山で働かされていた者たちは歓声を上げた。

「それにしても先生、いつから正気に戻っていたんですか」

「ずっと正気だよ。キミがやきもきして泣いたり喚《わめ》いたりしている間もね」

王弁が嫌な顔をするのを見て、僕僕はくすりと笑う。

「もっとどっしり構えられないのか」

「か、構えてますよ」

「キミにしては上出来、なのかな」

皮肉を予想していた王弁は、拍子抜けしたように瞬《まばた》きを繰り返す。

「ラクスはどうするんでしょうね」

さあね、と僕僕の答えはそっけない。

「ああいう手合いは世を救う聖者にもなれば、世を滅ぼす災厄にもなる」

「元の夫に厳しいじゃないですか」

「期待していただけに落胆も大きいんだよ。それに、ラクスには悪いことをしたかもしれないね」

「えっ？」

王弁は耳を疑った。自分から非を認めることなど滅多にないことである。

「先生、よっぽど泡食ってたんですね」

僕僕はあてつけるような王弁の言葉を聞いて頬を膨らませると、雲の上から体を乗り出して王弁の耳を左右から引っ張った。

「生意気を抜かしおって。でも今回は、ボクにも至らぬ点があったな。まだまだキミの相手をしてやらなければならないようだ」

「だったら離して下さいな」

「そうだな。後ろで薄妃たちが待ちくたびれている」

王弁が振り返ると、薄妃と蒼芽香《そうがこう》がにやにやと笑いながら王弁たちが戯《じゃ》れているのを眺めていた。

「終わりました？」

「何も始まっていないが、どうした？」

　蒼芽香が一度姿を消し、吉良《きら》の手綱を引いて戻って来た。鞍《くら》には一行の行李《こうり》が積んである。

「やけに急ぐのだな」

「劉欣《りゅうきん》さんが早目にここを離れた方がいいと仰《おっしゃ》ってて」

「また遊んでもらえなくなった」

　と不満そうな蒼芽香は、吉良に早く追いかけようよ、とねだっている。

「何やらきな臭さを感じているということだな。劉欣の嗅覚《きゅうかく》は頼りになる。ボクたちも出立しよう」

　僕僕は彩雲を輝かせて高度を上げた。

「どこへ行くんです！」

「ちょっと寄るところがあるから、キミたちはとりあえず西に向かっておくんだ」

　そう言うなり高空へ向けて飛び去った。

「じゃあ先に行ってますか」

　薄妃が王弁を促す。

「待ってなくていいですかね」

「そろそろ王弁さんも、待つべき時とそうでない時の区別くらいつくようになってもらわないと困りますよ」

「わ、わかりましたよ」

王弁は蒼芽香から手綱を受け取ると、ゆっくりと歩み出す。薄妃はいつも通り風に漂いつつ後に続き、新たに道づれとなった蒼芽香も、吉良の首筋をぽんぽんと軽やかに叩《たた》きながら丘を下っていった。

しばらくすると、誰もいなくなった高台に人影が浮かび上がった。

「駄目だったな」

ため息をつき、街道脇《わき》の岩に腰を下ろしたのはラクスである。

ラクスは王弁たちが消えた方向を見て鼻の頭を搔《か》く。

「あなたがいなくとも、私は必ずやり遂げる」

そう呟《つぶや》いて、北の山並みの中へと歩み入った。

ここから数十年の後、大唐帝国の歴史に稀代《きだい》の悪役が登場する。安史《あんし》の乱の首謀者、安禄山《あんろくざん》。一介の貿易官に過ぎなかった男がいつの頃からか宮中に入り込み、やがて節《せつ》度使《どし》に抜擢《ばってき》されて、唐の辺境防衛軍の三分の一を握るまでに成り上がった。彼の六種の言葉を操る弁舌の才と輝くような明るさは、玄宗皇帝の寵姫《ちょうき》、楊貴妃《ようきひ》を魅了した。ここに、一時は長安すら陥落した大唐帝国最大の危機の遠因があるのだが、それはまた別の物語となる。

ただ、康国《こうこく》の言葉で〝光〟を意味する〝ラクス〟を音訳した名、「禄山」の由来を問われた彼は、「私の若き日の志」とのみ答えたという。その謎《なぞ》に包まれた言葉の真意を、後世に伝えるものは何もない。


虚空《こくう》を行く僕僕の周囲は濃い霧に包まれている。霧の間からわずかに、彩雲の輝きが漏れ出している。僕僕はラクシアを後にして、王弁たちの住む大地からはるか彼方《かなた》にある小天地、虚明堂耀天《きょめいどうようてん》を訪れていた。

僕僕の懐《ふところ》から第狸奴《だいりど》が顔を出し、心細げに鳴く。

「寂しいところだろう？　普段は訪れる者もいないからな」

宥《なだ》めるように僕僕は第狸奴の頭を撫《な》でた。それに、と彼女は付け足す。

「これから行くところは、言うなれば重罪人の墓場だよ」

霧が徐々に晴れていく。僕僕は雲から下り、裾《すそ》が汚れるのも構わず先へと歩いていく。

奇妙な大地であった。僕僕が一歩進むごとに、埃《ちり》が煙となって舞い上がる。その粒子は細かく、宙に浮かぶとなかなか落ちない。第狸奴が怯《おび》え、唸《うな》り声を上げる。

僕僕は掌《てのひら》で足下の白い粉をすくった。さらさらと指の間からこぼれ落ちた粉塵《ふんじん》は、よく見ると動いている。動いて一つにまとまろうとしては、大地の下に何かがうごめいてかき乱す。そんな光景が白い大地のあちこちで起こっていた。

やがてうねるように白い粉をかき乱し続ける何かは、大地の下でぼんやりとした形をとり始め、闖入者《ちんにゅうしゃ》を値踏みするように頭を上げた。蚯蚓《みみず》のように赤茶けた肌と目鼻のない顔は不気味だが、僕僕はただ静かに眺めているのみだ。それは僕僕の方に顔を近づけると、口を開いた。口の中に目鼻があって、第狸奴は悲鳴を上げた。

「大丈夫だよ」

大蚯蚓は何度か瞬《まばた》きを繰り返してから口を閉じ、再び白い粉の中に戻って行った。

「この白い粉も、かつて共に戦った一人の神だ。全《すべ》てで一人なのだ。彼は神々の戦いに敗れた後、極限まで小さく砕かれてここに撒《ま》かれた。だがそれくらいでは彼は死なない。常に元の姿に戻ることを願い、力を尽くし続けている。あの蚯蚓の化けものはそうさせないために、ここに放たれているのだ。数えるのも億劫《おっくう》になるほど、昔からね」

やがて白粉の大地は終わり、荒涼とした巨岩が林立する一帯にさしかかった。

「さあ、古き者たちの残骸《ざんがい》にたどり着いたよ」

僕僕は岩の間を縫ってゆっくりと歩く。聳《そび》える岩の峰は、人や獣の古い彫刻のような形をしていた。

僕僕が花を取り出した懐から、続いて酒壺が現れた。

「手酌で酒を飲む姿をキミに見せるなんて、不思議な気分だ」

杯を半ば満たす。

「キミは酒を飲まなかったね。ボクはキミに会わない間に随分深酒を楽しむようになってしまったよ。知ってるかい？　酒は旨《うま》いんだよ。楽しく飲める相手がいると特にね」

酒を飲み始めた僕僕の膝元《ひざもと》から第狸奴が飛び出し、目の前にある岩塊に近づいた。鼻を近づけて匂《にお》いを嗅《か》いでいた第狸奴は嬉《うれ》しそうにその岩にじゃれ始める。

「岩となっても、匂いというのは消えないものだ」

僕僕はそのまま、一刻《とき》ほど黙って飲み続けていた。そして透き通る声で、歌い始めた。

あなたは行ってしまった　あなたは傷を負った
この痛みを誰に告げればいいのか　流れた涙はどこへ向かうのか
東風に告げても　風はただ鳴くのみ
涙を流しても　ただ寝床が濡《ぬ》れるのみ
あなたは尖《とが》り石を踏んで去り　尖り石は柔らかな肌を裂く
肌を裂く痛みは心を裂く痛みに劣れども
立ち塞《ふさ》がる茨《いばら》に傷ついた瞳《ひとみ》から流れる涙は
光を奪いてついには道を見失わせる

三たび歌い終わると酒で喉《のど》を潤《うるお》し、再び杯を満たす。

「知っているかい？　キミが教えてくれた歌が、人々の間に歌い継がれているんだ。聞いたのは随分と天地の隅の方だったけれど、本当にまだ残っているんだ」

そう言うと、岩塊の肩口に額をつけ、しばらくそのままにしていた。そして持っていた杯を傾けて酒を振りかけた。

「挹比《きょひ》……はるか昔、たった一人の友であり兄であり、夫であった人よ。これが最後の墓参りだ。ボクは行くね、キミが残した〝大いなる無意志〟とともに」

そう言うと第狸奴を懐に戻して彩雲に乗り、振り返らず飛び去る。その姿が見えなくなってしばらくすると岩塊は崩れ去り、荒涼とした風の中に散っていった。

## 参考文献

『唐書』　欧陽脩他撰　（汲古書院・一九七〇）
『雲笈七籤』　張君房編　（中華書局・二〇〇三）
『漢方治療症例選集』　緒方玄芳　（現代出版プランニング・一九八八）

# 解説

藤原佳幸

あらかじめ断らせてほしいのですが、自分は文章を書くことが苦手です。ましてや小説の解説なんて、知識が足りなくて到底無理だと思いました。それでも、この人気作『僕僕先生』の解説という仕事を引き受けてしまったのは、ひとえに自分が「僕僕」シリーズの大ファンで、こんな機会はもう二度とないと思ったから――。

そんな訳で、ここから先を読む人には大変申し訳ないですが、物書きではない人間の、拙《つたな》い文章だと予《あらかじ》め了承していただいて、その上で読んでもらえたら嬉《うれ》しいです。

『先生の隠しごと』を手に取ったとき、前の巻『さびしい女神』で触れられた先生の過去が本作でまた何か明らかになるのかな、とドキドキしながらページをめくりました。

本編は前巻の続き、〝蚕嬢《さんじょう》〟こと碧水晶《へきすいしょう》の結婚の解決篇から物語が始まります。

蚕嬢は、昔好きだった引飛虎《いんひこ》と自分のことをずっと一途《いちず》に思ってくれている茶風森《ちゃふうしん》のどちらを結婚相手に選ぶのか。ココは前作の結末として、とっても気になるところです。

僕は個人的に茶風森を応援したかったけれど、女心は奥が深すぎてどうなるかわからない。先生たちと一緒にヤキモキしながら「茶風森、根性出せ！　頑張れ！」と応援しながら読みました。

結果はご覧になったとおり。一途な想《おも》いが相手に伝わって、更に受け入れてもらえる幸福。こういう幸せは周囲もいい気持ちになりますよね。

求婚から婚礼へと華やかに場面は進む中、祝宴に乱入した謎《なぞ》の男の登場によって、一転きな臭い空気が峰麓《ほうろく》に吹き込まれます。碧水晶の、王女としての毅然《きぜん》とした対応によりその場は収まりますが、僕僕先生一行はその後を追うことに……。

幼いながらしっかり者の蒼芽香《そうがこう》、義陽蛮《ぎよう》の陳慶《ちんけい》というキーパーソンが物語に加わり、男を追った僕僕一行は、人々が自由を謳歌《おうか》する理想郷ラクシアにたどり着きます。しかし、光の国ラクシアと、その王ラクスに、何ともいえない違和感を抱く王弁《おうべん》。一方、僕僕先生の様子がなんだかおかしくて……。

ある日、その先生から衝撃の告白が。

「ボクはラクスの妻になることにしたよ」

先生の言葉に衝撃を受けたのは王弁くんたちだけではありません。僕も読んでいて、まさしく〝衝撃〟を受けました。どうしちゃったの、先生。王弁との冒険は？

……ここから先のお話は、自分の下手な説明で濁すよりも、どうか本編で存分に味わってもらってほしいな、と思います。


僕が感じる、僕僕先生という作品の魅力の一つに「登場人物の言葉に人生を感じる瞬間がある」という点が挙げられます。

今作も、僕の心を揺さぶる、多くの名言がありました。

たとえば、碧水晶をめぐる茶風森との恋の戦いに破れた引飛虎の、新たな恋を感じさせる局面を目《ま》の当《あ》たりにして、僻《ひが》む王弁にかける先生の言葉。

「慰めをもらえるのは、力を尽くした者だけだ」

あるいは、吉良《きら》が蒼芽香を背にしているのを王弁が不満そうにしている時の先生の言葉。

「まだ背負いきれないほどの荷もなく、自分の足で軽やかに先へと進めるのは幸いなことなんだ」

こうした言葉を読んでいるとき、僕の中を「いま僕僕先生を読んでいる！」という感動、実感、驚嘆が体を走り抜けていく気がして、ゾクゾクしました。

どちらも先生の言葉になってしまいましたが、こういった心に響く台詞《せりふ》まわしが、僕は大好きなのです。

大きな魅力をもう一つ。それは何と言っても、多種多様な登場人物です。

今回は、いつも摑《つか》みどころのない美少女仙人というスタンスであった僕僕先生が、一人の女性のように描かれています。頰を赤らめたり、感情を露《あら》わにしたりして、徐々に普通の人間っぽく変化していく先生。悩める乙女、なんて言うと先生は頰を膨らませるかもしれないけれど、これからもそんな表情をどんどん見せていってほしいな、と思いました。旅を続ける毎《ごと》に変化していく先生が、今後なにを思い、考え、行動していくのか。そして王弁くんとの関係がどのように変化していくのか。一読者としてとても興味深いところで、楽しみなのです。

また、今回際立《きわだ》って片思い全開の王弁くん。想っている女性が他の男に恋愛感情(?)を持っていて、それを為《な》す術《すべ》なく横で見ている……。この可哀想《かわいそう》な構図が、何とも切ない。同じ男として、肩をポンと叩《たた》いて慰めてやりたくなるぐらい感情移入してしまいました(三〇歳半ばの男に慰められても、あんまり元気は出ないでしょうけど)。悩んだり、迷ったり、自分の無力を嘆く王弁くんですが、擦れずに成長していく様は、読んでいて本当に気持ちいいです。

薄妃《はくひ》や劉欣《りゅうきん》や吉良も生き生きと描かれていて、いい味を出していますが、やっぱり僕は、先生と王弁くんが贔屓《ひいき》です。二人のやり取りが、読んでて一番心地いい。読み出すと、止まりません。

さて、自分は今曲がりなりにもアニメーションの監督というものをやらせてもらっています。ですので、アニメーションの作り手の立場から「僕僕先生」という作品について、少しだけ。

元が小説にしろ、漫画にしろ、自分たちは文字から映像を創《つく》り上げていきます。漫画が元ですと、絵の情報が多少あってその世界を再現するのですが、小説だとほとんどの情報を文章から想像して創っていくことになります。

こと僕僕先生では、情景描写が美しく鮮明に表現されていて、例えば、苗人《ミャオ》の鮮やかな衣装や舞、薄妃と蒼芽香の織る布、荒れた山中の道から焼け焦《こ》げた村、そして誰も見たことのない小天地、虚明堂耀天《きょめいどうようてん》……。読者を惹《ひ》き込む素晴らしい描写が満載で、作り手からしても画面を構築するのに感性を刺激されます。他にもドルマにしみついた薬香の臭《にお》い、銀山に押し込められた人々の熱気や異臭、そして美少女仙人の甘い杏《あんず》の香り……といった五感を通じた臨場感あふれる表現もあります。匂《にお》いばかりは、映像作品で再現するのはなかなか困難なのですが、画面の密度・空気感として加味できる重要な描写であると言えます。

僕僕先生はアニメーション材料としても、大変優れた作品なのです。

でもしかし、仮に自分に「僕僕先生」の映像を創る機会をもらえて、その世界を再現してみたとしても、視聴者にはやっぱり本で読んで欲しいなと思ってしまいます。軽快な台詞テンポ、丁寧な情景描写、空白の間、文字の配置の美しさ。そのいずれも、原作本でしか味わえません。

活字好きな人はもちろん、活字嫌いな人にも一度読んでもらって、この世界をぜひ体験してほしいところです。

最後に、何がどうなって自分にこんな大仕事が回ってきたのか未《いま》だに判《わか》っておりませんが、お話をくれたチャレンジャーな担当者様、素敵な「僕僕先生シリーズ」を書き続けてくださっている仁木英之先生に、心からの感謝と御礼を申し上げます。私信にはなりますが、制作中いい子にしていてくれた娘と尻《しり》を叩いてくれた妻も、ありがとう。

そしてここまで読んでくださった読者さま、ありがとうございました。読み辛《づら》くって、本当にごめんなさい。

さてさて。それでは、僕は杏露酒《シンルチュウ》でも買ってきて、もう一度、先生と王弁の旅を読み直そうっと。

（平成二十五年十一月、アニメ監督）

この作品は平成二十三年四月新潮社より刊行され、
文庫化に際し改稿を行った。

仁木英之著

僕僕先生

日本ファンタジーノベル大賞受賞

美少女仙人に弟子入り修行!? 弱気なぐうたら青年が、素晴らしき混沌を旅する冒険奇譚。大ヒット僕僕シリーズ第一弾!

仁木英之著

薄妃の恋

—僕僕先生—

先生が帰ってきた! 生意気に可愛く達観しちゃった僕僕と、若気の至りを絶賛続行中な王弁くんが、波乱万丈の二人旅へ再出発。

仁木英之著

胡蝶の失くし物

—僕僕先生—

先生が凄腕スナイパーの標的に?! 精鋭暗殺集団「胡蝶房」から送り込まれた刺客の登場で、大人気中国冒険奇譚は波乱の第三幕へ!

仁木英之著

さびしい女神

—僕僕先生—

出会った少女は世界を滅ぼす神だった。でも、王弁は彼女を救いたくて……。宇宙を旅し、時空を越える、メガ・スケールの第四弾!

越谷オサム著

陽だまりの彼女

彼女がついた、一世一代の嘘。その意味を知ったとき、恋は前代未聞のハッピーエンドへ走り始める——必死で愛しい13年間の恋物語。

越谷オサム著

いとみち

相馬いと、十六歳。人見知りを直すため始めたのは、なんとメイドカフェのアルバイト! 思わず応援したくなる青春×成長ものがたり。

堀川アサコ著

たましくる
―イタコ千歳のあやかし事件帖―

昭和6年の青森を舞台に、美しいイタコ千歳と、霊の声が聞えてしまう幸代のコンビが事件に挑む、傑作オカルティック・ミステリ。

堀川アサコ著

これはこの世のことならず
―たましくる―

亡くした夫に会いたい、とイタコになった美しい19歳の千歳は怪事件に遭遇し……恐ろしいのに、ほっと和む。新感覚ファンタジー！

平山瑞穂著

忘れないと誓ったぼくがいた

世界中が忘れても、ぼくだけは絶対君を忘れない！　避けられない運命に向かって、必死にもがくふたり。切なく瑞々しい恋の物語。

平山瑞穂著

あの日の僕らにさよなら

もしも時計の針を戻せたら、僕らは違った道を選ぶだろうか――。時を経て再会を果たした初恋の人。交錯する運命。恋愛小説の傑作。

森見登美彦著

太陽の塔
日本ファンタジーノベル大賞受賞

巨大な妄想力以外、何も持たぬフラレ大学生が京都の街を無闇に駆け巡る。失恋に枕を濡らした全ての男たちに捧ぐ、爆笑青春巨篇！

森見登美彦著

きつねのはなし

古道具屋から品物を託された青年が訪れた奇妙な屋敷。彼はそこで魔に魅入られたのか。美しく怖しくて愛おしい、漆黒の京都奇譚集。

小野不由美著

**月の影　影の海**（上・下）

—十二国記—

平凡な女子高生の日々は、見知らぬ異界へと連れ去られ一変した。苦難の旅を経て「生」への信念が迸る、シリーズ本編の幕開け。

小野不由美著

**風の海　迷宮の岸**

—十二国記—

神獣の麒麟が王を選ぶ十二国。幼い戴国《たいこく》の麒麟は、正しい王を玉座に据えることができるのか——『魔性の子』の謎が解き明かされる！

小野不由美著

**東の海神　西の滄海**

—十二国記—

王とは、民に幸福を約束するもの。しかし雁国に謀反が勃発した——この男こそが「王」と信じた麒麟の決断は過ちだったのか!?

小野不由美著

**風の万里　黎明の空**（上・下）

—十二国記—

陽子は、慶国の玉座に就きながら役割を果たせず苦悩する。二人の少女もまた、泣いていた。いま、希望に向かい旅立つのだが——。

小野不由美著

**丕《ひ》緒《しょ》の鳥**

—十二国記—

書下ろし2編を含む12年ぶり待望の短編集！希望を信じ、己の役割を全うする覚悟を決めた名も無き男たちの生き様を描く4編を収録。

小野不由美著

**図南の翼**

—十二国記—

「この国を統べるのは、あたししかいない！」——先王が斃れて27年、王不在で荒廃する国を憂えて、わずか12歳の少女が王を目指す。

有川浩著　レインツリーの国

きっかけは忘れられない本。そこから始まったメールの交換。好きだけど会えないと言う彼女にはささやかで重大なある秘密があった。

有川浩著　キケン

様々な伝説や破壊的行為から、周囲から畏れられていたサークル「キケン」。その伝説的黄金時代を描いた爆発的青春物語。

有川浩著　ヒア・カムズ・ザ・サン

編集者の古川真也は触れた物に残る記憶が見える。20年ぶりに再会した同僚のカオルと父。真也に見えた真実は——。愛と再生の物語。

島田荘司著　写楽　閉じた国の幻（上・下）

「写楽」とは誰か——。美術史上最大の「迷宮事件」を、構想20年のロジックが打ち破る！　現実を超越する、究極のミステリ小説。

香月日輪著　下町不思議町物語

小六の転校生、直之の支えは「師匠」と怪しい仲間たち。妖怪物語の名手が描く、少年と家族の再生を助ける不思議な町の物語。

香月日輪著　黒沼　—香月日輪のこわい話—

子供の心にも巣くう「闇」をまっすぐ見据えた身も凍る怪談と、日常と非日常の間に漂う世にも不思議な物語の数々。文庫初の短編集。

伊坂幸太郎著　オーデュボンの祈り

卓越したイメージ喚起力、洒脱な会話、気の利いた警句、抑えようのない才気がほとばしる！　伝説のデビュー作、待望の文庫化！

伊坂幸太郎著　ラッシュライフ

未来を決めるのは、神の恩寵か、偶然の連鎖か。リンクして並走する4つの人生にバラバラ死体が乱入。巧緻な騙し絵のごとき物語。

伊坂幸太郎著　重力ピエロ

ルールは越えられるか、世界は変えられるか。未知の感動をたたえて、発表時より読書界を圧倒した記念碑的名作、待望の文庫化！

伊坂幸太郎著　フィッシュストーリー

売れないロックバンドの叫びが、時空を超えて奇蹟を呼ぶ。緻密な仕掛け、爽快なエンディング。伊坂マジック冴え渡る中篇4連打。

伊坂幸太郎著　砂漠

未熟さに悩み、過剰さを持て余し、それでも何かを求め、手探りで進もうとする青春時代。二度とない季節の光と闇を描く長編小説。

伊坂幸太郎著　オー！ファーザー

一人息子に四人の父親!?　軽快な会話、悪魔的な箴言、鮮やかな伏線。伊坂ワールド第一期を締め括る、面白さ四〇〇％の長篇小説。

伊坂幸太郎著

## ゴールデンスランバー

山本周五郎賞受賞
本屋大賞受賞

俺は犯人じゃない！　首相暗殺の濡れ衣をきせられ、巨大な陰謀に包囲された男。必死の逃走。スリル炸裂超弩級エンタテインメント。

新潮社編

## 甘い記憶

大人になるために、忘れなければならなかったことがある——いま初めて味わえる、かつて抱いた不完全な感情。甘美な記憶の6欠片。

阿川佐和子・角田光代
沢村凜・柴田よしき
谷村志穂・乃南アサ
松尾由美・三浦しをん著

## 最後の恋

—つまり、自分史上最高の恋。—

8人の女性作家が繰り広げる「最後の恋」をテーマにした競演。経験してきたすべての恋を肯定したくなるような珠玉のアンソロジー。

阿川佐和子・井上荒野
大島真寿美・島本理生
乃南アサ・村山由佳
森絵都著

## 最後の恋 プレミアム

—つまり、自分史上最高の恋。—

これで、最後。そう切に願っても、恋の行く末は選べない。7人の作家が「最高の恋」の終わりとその先を描く、極上のアンソロジー。

朝井リョウ・伊坂幸太郎
石田衣良・荻原浩
越谷オサム・白石一文
橋本紡著

## 最後の恋 MEN'S

—つまり、自分史上最高の恋。—

ベストセラー『最後の恋』に男性作家だけのスペシャル版が登場！　女には解らない、ゆえに愛すべき男心を描く、究極のアンソロジー。

原田マハ・大沼紀子
千早茜・窪美澄
柴門ふみ・三浦しをん
瀧羽麻子著

## 恋の聖地

—そこは、最後の恋に出会う場所。—

そこは、しあわせを求め彷徨う心を、そっと包み込んでくれる。「恋人の聖地」を舞台に7人の作家が紡ぐ、至福の恋愛アンソロジー。

上橋菜穂子著

## 精霊の守り人

野間児童文芸新人賞受賞
産経児童出版文化賞受賞

精霊に卵を産み付けられた皇子チャグム。女用心棒バルサは、体を張って皇子を守る。数多くの受賞歴を誇る、痛快で新しい冒険物語。

上橋菜穂子著

## 闇の守り人

日本児童文学者協会賞・
路傍の石文学賞受賞

25年ぶりに生まれ故郷に戻った女用心棒バルサを、闇の底で迎えたものとは。壮大なスケールで語られる魂の物語。シリーズ第2弾。

上橋菜穂子著

## 夢の守り人

路傍の石文学賞・
巌谷小波文芸賞受賞

女用心棒バルサは、人鬼と化したタンダの魂を取り戻そうと命を懸ける。そして今明かされる、大呪術師トロガイの秘められた過去。

上橋菜穂子著

## 虚空の旅人

新王即位の儀に招かれ、隣国を訪れたチャグムたちを待つ陰謀。漂海民や国政を操る女たちが織り成す壮大なドラマ。シリーズ第4弾。

上橋菜穂子著

## 天と地の守り人

（第一部 ロタ王国編・第二部 カンバル王国編・第三部 新ヨゴ皇国編）

バルサとチャグムが、幾多の試練を乗り越え、それぞれに「還る場所」とは——十余年の時をかけて紡がれた大河物語、ついに完結！

上橋菜穂子著

## 流れ行く者

—守り人短編集—

王の陰謀で父を殺されたバルサ、その少女を託され用心棒に身をやつしたジグロ。故郷を捨てて流れ歩く二人が出会う人々と紡ぐ物語。

畠中恵著
しゃばけ
日本ファンタジーノベル大賞優秀賞受賞

大店の若だんな一太郎は、めっぽう体が弱い。なのに猟奇事件に巻き込まれ、仲間の妖怪と解決に乗り出すことに。大江戸人情捕物帖。

畠中恵著
ころころろ

大変だ、若だんなが今度は失明だって!? 手がかりはどうやらある神様が握っているらしい。長崎屋を次々と災難が襲う急展開の第八弾。

畠中恵著
ゆんでめて

屛風のぞきが失踪! 佐助より強いおなごが登場!? 不思議な縁でもう一つの未来に迷い込んだ若だんなの運命は。シリーズ第9弾。

畠中恵著
アコギなのかリッパなのか
―佐倉聖の事件簿―

政治家事務所に持ち込まれる陳情や難題を解決するは、腕っ節が強く頭が切れる大学生! 「しゃばけ」の著者が贈るユーモア・ミステリ。

畠中恵著
つくも神さん、お茶ください

「しゃばけ」シリーズの生みの親ってどんな人? デビュー秘話から、意外な趣味のこと、創作の苦労話などなど。貴重な初エッセイ集。

畠中恵著
ちょちょら

江戸留守居役、間野新之介の毎日は大忙し。接待や金策、情報戦……藩のために奮闘する若き侍を描く、花のお江戸の痛快お仕事小説。

三浦しをん著

**格闘する者に○《まる》**

漫画編集者になりたい――就職戦線で知る、世間の荒波と仰天の実態。妄想力全開で描く格闘の日々。才気あふれる小説デビュー作。

三浦しをん著

**乙女なげやり**

日常生活でも妄想世界はいつもハイテンション。どんな悩みも爽快に忘れられる「人生相談」も収録！ 脱力の痛快ヘタレエッセイ。

三浦しをん著

**桃色トワイライト**

乙女でニヒルな妄想に爆笑、脱力系ポリシーに共感。捨てきれない情けなさの中にこそ愛おしさを見出す、大人気エッセイシリーズ！

三浦しをん著

**きみはポラリス**

すべての恋愛は、普通じゃない――誰かを強く大切に思うとき放たれる、宇宙にただひとつの特別な光。最強の恋愛小説短編集。

三浦しをん著

**悶絶スパイラル**

情熱的乙女(?)作家の巻き起こす爆笑の日常。今日も妄想アドレナリンが大分泌！ 中毒患者急増中の抱腹絶倒・超ミラクルエッセイ。

三浦しをん著

**天国旅行**

すべてを捨てて行き着く果てに、救いはあるのだろうか。生と死の狭間から浮き上がる愛と人生の真実。心に光が差し込む傑作短編集。

宮部みゆき著
魔術はささやく
日本推理サスペンス大賞受賞
それぞれ無関係に見えた三つの死。さらに魔の手は四人めに伸びていた。しかし知らず知らず事件の真相に迫っていく少年がいた。

宮部みゆき著
火車
山本周五郎賞受賞
休職中の刑事、本間は遠縁の男性に頼まれ、失踪した婚約者の行方を捜すことに。だが女性の意外な正体が次第に明らかとなり……。

宮部みゆき著
初ものがたり
鰹、白魚、柿、桜……。江戸の四季を彩る「初もの」がらみの謎また謎。さあ事件だ、われらが茂七親分――。連作時代ミステリー。

宮部みゆき著
堪忍箱
蓋を開けると災いが降りかかるという箱に、心ざわめかせ、呑み込まれていく人々――。人生の苦さ、切なさが沁みる時代小説八篇。

宮部みゆき著
あかんべえ（上・下）
深川の「ふね屋」で起きた怪異騒動。なぜか娘のおりんにしか、亡者の姿は見えなかった。少女と亡者の交流に心温まる感動の時代長編。

宮部みゆき著
英雄の書（上・下）
中学生の兄が同級生を刺して失踪。妹の友理子は、〝英雄〟に取り憑かれ罪を犯した兄を救うため、勇気を奮って大冒険の旅へと出た。

## 新潮文庫最新刊

小野不由美著
**華胥の幽夢**
―十二国記―
「夢を見せてあげよう」と王は約束した。だが、混迷を極める才国。その命運は――。理想の国を希う王と人々の葛藤を描く全5編。

石田衣良著
**明日のマーチ**
山形から東京へ。4人で始まった徒歩の行進は、ネットを通じて拡散し、やがて……。等身大の若者達を描いた傑作ロードノベル。

仁木英之著
**先生の隠しごと**
―僕僕先生―
光の王・ラクスからのプロポーズに応じた僕僕。先生、俺とあなたの旅は、ここで終りですか――？　急転直下のシリーズ第五弾！

帚木蓬生著
**蠅の帝国**
―軍医たちの黙示録―
日本医療小説大賞受賞
東京、広島、満州。国家により総動員され、過酷な状況下で活動した医師たち。彼らの慟哭が聞こえる。帚木蓬生のライフ・ワーク。

金原ひとみ著
**マザーズ**
ドゥマゴ文学賞受賞
同じ保育園に子どもを預ける三人の女たち。追い詰められる子育て、夫とのセックス、将来への不安……女性性の混沌に迫る話題作。

阿刀田高著
**闇彦**
物語の奥に潜み続ける不可思議なあやかし「闇彦」。短編小説の名手が、創作の秘密を初めて明かし、物語の原点にせまる自伝的小説。

## 新潮文庫最新刊

木下半太著
**ジュリオ**
市長暗殺計画の黒幕は一体誰だ？　もう二度と大切な仲間を失いたくない――。天涯孤独の少年の魂荒ぶる高速クライムサスペンス！

村田沙耶香著
**ギンイロノウタ**
野間文芸新人賞受賞
秘密の銀のステッキを失った少女は、憎しみの怪物と化す。追い詰められた心に制御不能の性と殺意が暴走する最恐の少女小説。

香月日輪・後藤みわこ・ひこ・田中・寮美千子・令丈ヒロ子著
**キラキラデイズ**
自分ってなんだろう。友情に、恋に、夢に悩み、葛藤する中学生の一瞬のきらめきを、個性ある五人の作家が描く青春アンソロジー。

草凪優著
**ちぎれた夜の奥底で**
部下の女性とのダブル不倫はエスカレートしてゆく。深夜のオフィスや屋上での危険な情事。刹那の快楽こそ救いだった。官能長編。

小林秀雄著
**直観を磨くもの**
――小林秀雄対話集――
湯川秀樹、三木清、三好達治、梅原龍三郎……。各界の第一人者十二名と慧眼の士、小林秀雄が熱く火花を散らす比類のない対論。

井上ひさし・平田オリザ著
**話し言葉の日本語**
せりふの専門家である劇作家ふたりが、話し言葉について徹底検証。従来の日本語論とは違う角度から日本語の本質に迫った対話集。

# 新潮文庫最新刊

西原理恵子著
サイバラの部屋
よしもとばなな、重松清、ホリエモン、深津絵里、やなせたかし、リリー・フランキーら13人の著名人相手に大放言。爆笑トーク集。

岩波明著
精神科医が狂気をつくる
—臨床現場からの緊急警告—
その治療法が患者を殺す！代替医療というペテン、薬物やカウンセリングの罠……精神医療の現場に蔓延する不実と虚偽を暴く。

服部文祥著
百年前の山を旅する
サバイバル登山を実践する著者が、江戸、明治時代の古道ルートを辿るため、当時の装備で駆け抜ける古典的で斬新な山登り紀行。

成瀬宇平著
魚料理のサイエンス
関東と日本海ではサバの旬が逆!? 旨みのナゾと料理のコツ、健康との関係をやさしく科学する、美味しく役立つ面白サイエンス。

にわあつし著
東海道新幹線運転席へようこそ
行きは初代0系「ひかり」号、帰りは最新型N700A「のぞみ」号。元運転士が、憧れの運転席にご招待。ウラ話満載で出発進行！

森川友義著
結婚は4人目以降で決めよ
心理学的に断れないデートの誘い方。投資理論から見たキスの適正価格。早大教授が、理想のパートナーを求めるあなたに白熱講義。

¥260

# 先生《せんせい》の隠《かく》しごと

## 僕僕先生

新潮文庫　に - 22 - 5

平成二十六年一月一日発行

著者　仁《に》木《き》英《ひで》之《ゆき》

発行者　佐藤隆信

発行所　株式会社 新潮社

郵便番号　一六二―八七一一
東京都新宿区矢来町七一
電話 編集部(〇三)三二六六―五四四〇
読者係(〇三)三二六六―五一一一
http://www.shinchosha.co.jp

価格はカバーに表示してあります。

乱丁・落丁本は、ご面倒ですが小社読者係宛ご送付ください。送料小社負担にてお取替えいたします。

印刷・二光印刷株式会社　製本・憲専堂製本株式会社

© Hideyuki Niki 2011 Printed in Japan

ISBN978-4-10-137435-2 C0193